MARVEL
CAPITÃ MARVEL
A ASCENSÃO DA STARFORCE

MARVEL
CAPITÃ MARVEL
A ASCENSÃO DA STARFORCE

STEVE BEHLING

São Paulo
2020
EXCELSIOR
BOOK ONE

Captain Marvel: Starforce on the rise
© 2020 MARVEL. All rights reserved.

Copyright © 2020 by Book One
Todos os direitos de tradução reservados e protegidos pela Lei 9.610 de 19/02/1998. Nenhuma parte desta publicação, sem autorização prévia por escrito da editora, poderá ser reproduzida ou transmitida sejam quais forem os meios empregados: eletrônicos, mecânicos, fotográficos, gravação ou quaisquer outros.

Primeira edição Marvel Press: setembro de 2019

EXCELSIOR – BOOK ONE
TRADUÇÃO **Raquel Nakasone**
PREPARAÇÃO **Sylvia Skallák**
REVISÃO **Diogo Rufatto** & **Tássia Carvalho**
ARTE, CAPA E
DIAGRAMAÇÃO **Francine C. Silva**

Dados Internacionais de Catalogação na Publicação (CIP)
Angélica Ilacqua CRB-8/7057

B365c	Behling, Steve
	Capitã Marvel: a ascensão da Starforce / Steve Behling; tradução de Raquel Nakasone. – São Paulo: Excelsior, 2020.
	160 p.
	ISBN: 978-65-80448-27-2
	Título original: *Captain Marvel: Starforce on the rise*
	1. Capitã Marvel (Personagens fictícios) 2. Super-heróis 3. Ficção norte-americana I. Título II. Nakasone, Raquel
19-2726	CDD 813.6

ANTES

CAPÍTULO 1

– Tudo o que estou dizendo é que o único motivo de estarmos metidas nesta confusão é você, punhos brilhantes.

Vers se agachou na lama, e seus olhos castanhos dispararam contra o olhar acusador de Minn-Erva.

– Espere, o que foi agora? Como assim isto é minha culpa? E aonde você pretende chegar me chamando de "punhos brilhantes"?

Vers estava cansada das piadas e do sarcasmo de Minn-Erva. Não importava o que fizesse, não conseguia ganhar a estima da colega guerreira da Kree Starforce. Ela já nem ligava mais.

O nariz de Minn-Erva franziu um pouco, e seu lábio superior estremeceu. Era óbvio para qualquer um que a conhecia, nem que fosse só um pouco, que havia muito a dizer, e ela estava prestes a abrir a boca.

Foi quando o tiroteio começou.

Ou, mais precisamente, foi quando o tiroteio – bastante frequente desde que tinham sido descobertas – começou para valer.

Minn-Erva gritou por cima dos tiros de laser:

– Com base na nossa situação atual, acho que estou no meu direito de te chamar de "punhos brilhantes". – E acrescentou uma reflexão: – Ou de qualquer outra coisa que eu invente.

Revirando os olhos e guardando a resposta para si mesma, Vers escalou a parede lamacenta à sua frente, alcançando o topo da vala suja em que ela e Minn-Erva tinham mergulhado uns minutos antes. Enquanto espiava por sobre a borda, ela os viu, a uns cem metros dali: um grupo de oito guerreiros skrull. Caçando. Estavam armados até os dentes, cada um carregando um rifle, uma pistola e granadas. Acima deles, outro skrull observava de perto, do interior de uma nave.

Um dos rifles disparou seu laser ardente, e Vers conseguiu desviar ao se soltar do morro de lama e cair na vala logo abaixo. Para Minn-Erva, pareceu que Vers tinha escapado *antes* que o tiro carburasse o ar sobre sua cabeça. Ela já estava no chão quando deu para ouvir o disparo. Minn-Erva podia até não gostar dela, mas teve de admitir que a mulher tinha reflexos incríveis.

– Tem quantos agora? – Minn-Erva perguntou, ejetando um cartucho da arma. Pegou um carregador no cinto, virou-o e o revirou na mão e o introduziu no compartimento de carga. Um segundo depois, a arma emitiu um gemido agudo, indicando que estava pronta para ser disparada.

– Oito – Vers respondeu. – Mais ou menos.

– E tem mais a caminho – Minn-Erva acrescentou.

Vers assentiu com a cabeça.

– Sem dúvida.

– Espera aí. A gente... acabou de concordar em alguma coisa? – Minn-Erva perguntou.

Vers abriu um sorrisinho.

– Infelizmente, sim. Acredite em mim, ninguém está mais perturbada com isso do que eu.

CAPÍTULO 2

Menos de uma hora mais cedo, tudo funcionava perfeitamente. Minn-Erva e Vers tinham entrado no espaço que cercava Aphos Prime em um pequeno caça kree para duas pessoas. As maiores armas externas da nave tinham sido retiradas a fim de incluir um motor com propulsão suficiente para permitir uma escapada dos skrull, que controlavam a área ao redor de Aphos Prime, assim como o próprio planeta.

Graças à sua incrível velocidade, o caça conseguia não ser detectado. Mas, para isso, ele tinha que se locomover mais rápido do que uma nave espacial normal e manter essa velocidade na entrada da atmosfera de Aphos Prime.

O caça adentrou a alta atmosfera bem acima da velocidade de cruzeiro. Normalmente, uma aeronave como a deles teria se empenhado em desacelerar o caça, antes de permitir que a atmosfera funcionasse como uma espécie de freio natural. Mas Vers e Minn-Erva não podiam se dar a esse luxo, a menos que quisessem alertar os skrull de sua presença.

Dizer que o caça levou uma surra era como afirmar que Minn-Erva e Vers não se davam bem – bastante óbvio, e um eufemismo grosseiro. No começo, a nave quicou ao longo da atmosfera e quase ameaçou se atirar de volta para o espaço. Vers se manteve firme conduzindo o caça, lutando com os controles a cada instante.

– Yon-Rogg disse que seria fácil, não disse? – Minn-Erva gritou por cima dos motores barulhentos. Parecia que a nave ia tremer até se desfazer.

– A-ham – Vers respondeu.

– Tem certeza de que sabe o que está fazendo? – Minn-Erva perguntou, cética, tentando se segurar no assento.

– É claro que sim. Posso pilotar qualquer coisa – Vers falou.

Ela não estava se gabando; era um fato. Desde que se juntara à Starforce, tinha provado seu valor em vários níveis e disciplinas – desde estratégia e táticas de batalha, armas e combate desarmado até veículos terrestres e aéreos. Era só dizer qual habilidade, Vers era boa em tudo.

O que meio que irritava Minn-Erva.

O caça kree continuou a invasão na atmosfera de Aphos Prime, perfurando a camada de ozônio do planeta. Os gases quentes acumulados nas entranhas da nave estavam se dissipando, e parecia menos provável que o casco se amassasse ou explodisse a qualquer momento.

Era hora da Fase Dois.

À procura de evitar que os sensores planetários dos skrull as detectassem, Vers tinha que manter os propulsores fixados na velocidade-mais-rápida-do-que-a-velocidade-de-pouso. Isso garantia a segurança das guerreiras kree frente à ameaça de serem explodidas pelos inimigos, mas fazia com que a possibilidade de esmagamento na superfície de Aphos Prime se tornasse muito real.

– Se segure – Vers avisou enquanto o caça sacolejava para cima e para baixo. – Pousando em dez!

– Dez? – Minn-Erva protestou. – Sem chance! Você está indo rápido demais, vai matar a gente!

– Qualquer coisa é possível – Vers murmurou. Em seguida, em uma voz mais alta: – Se segure!

Como se verificou mais tarde, não era apenas possível, mas também o resultado mais provável. A nave certamente teria explodido com o impacto se Vers não tivesse ligado os propulsores na marca dos cinco segundos. Minn-Erva foi jogada contra o assento com tamanha força que pensou que ia sair voando direto.

Ela sentiu o estômago subir para a garganta, e pareceu que o chão ia ceder.

O caça planou pela superfície do planeta, atingiu o solo e quicou um pouco, tal qual uma pedra saltando pela superfície de um lago. A cada vez que a nave subia, Vers empurrava os controles para a frente, inclinando-a para baixo. Então ela atingia o solo e novamente se lançava para cima. O padrão continuou por vários segundos até que o impulso enfim se esgotou e o caça parou em um banco de lama.

— Pelo menos não estamos mortas — Minn-Erva disse com sarcasmo, soltando o cinto.

Vers falou, logo atrás dela:

— Uau! Ótimo pouso, Vers. Não consigo imaginar outra pessoa capaz de fazer isso — provocou.

— O que foi? Quer que eu te agradeça? Mesmo? — Minn-Erva resmungou, indo até a estante de armas na parede, de onde pegou seu rifle, o cinto de munição e a pistola. Vers se juntou a ela e pegou as mesmas armas.

— Para proteção e defesa apenas, Vers — Minn-Erva esclareceu com um olhar. — Lembre-se do que Yon-Rogg disse.

— Tá bom, mãe — Vers devolveu sarcasticamente, prendendo as armas. — Só estou falando que um "obrigada" não seria nada fora de cogitação.

— Não vou agradecer — Minn-Erva declarou, decidida. — Nem agora, nem nunca.

– Aposto que sim – Vers disse. Como Minn-Erva não respondeu, Vers continuou: – Sério. Antes de essa missão terminar, aposto que vai me agradecer.

– Você deve gostar de perder. – Foi tudo o que Minn-Erva disse, seguindo para a saída da nave.

CAPÍTULO 3

Não tinha se passado nem um minuto desde o início da explicação sobre a missão e Vers já estava fazendo perguntas. Tudo começou de maneira promissora. Dentro dos limites da sala de reuniões abafada, Yon-Rogg, comandante da Starforce, chamou Minn-Erva e Vers para apresentá-las a uma missão para dois integrantes.

Era para a ação em Aphos Prime ser fácil. Do tipo "acéfala", como Vers chamaria – uma de suas expressões estranhas, que fariam seus colegas encolherem os ombros, já que se tratava de Vers sendo, bem, Vers. Yon-Rogg a descreveu como uma "missão de rotina de reconhecimento". Uma nave de reconhecimento kree tinha reportado atividade skrull em um planeta remoto, Aphos Prime. A nave deixou escapar uma comunicação antes de ser destruída por fogo inimigo.

– Teve sobreviventes? – Vers perguntou.

– Não – Yon-Rogg respondeu, imparcial. – Os skrull não deixam testemunhas. Assim, sua missão é simples. Vocês pousarão em Aphos Prime, despercebidas. Vão averiguar a potência da força skrull no planeta e reportar para nós, assim poderemos planejar o próximo curso de ação.

– Reportar?

– Sim – Yon-Rogg disse, preparado para a resistência. – Reportar somente. Não é para atacar o inimigo.

– Bem, *nós* podemos não atacar o inimigo, mas eles com certeza vão *nos* atacar – Vers falou, agressiva.

– Vers... – Yon-Rogg interveio.

– Por que enviar membros da Starforce em uma missão como essa? Se é apenas uma missão de reconhecimento direta, por que nos envolver? Não faz sentido.

– Não estava ciente de que questionávamos ordens – Minn-Erva disse, com a voz encharcada de sarcasmo. – Ou perdi essa parte da explicação?

– Não questiono a ordem – Vers retrucou, na defensiva. – Só estou dizendo. Somos guerreiras. Combatentes. Não meras observadoras. Não eu. Não com isso. – Vers ergueu as duas mãos, indicando a explosão de fótons que poderia entrar em erupção em seus dedos a qualquer momento.

Minn-Erva estava prestes a retrucar quando Yon-Rogg limpou a garganta. Então ela subitamente resolveu pensar duas vezes antes de continuar.

– As ordens vêm da Inteligência Suprema – ele falou, encerrando qualquer discussão sobre o assunto.

Vers assentiu com a cabeça.

– Entendido – ela disse.

Mas os três sabiam que ela não estava sendo sincera.

No corredor externo à sala de reunião, Vers observou Minn-Erva ir embora a passos largos, com o rifle preso às costas como se fosse uma segunda pele. Desde sua entrada na Starforce, Vers a considerava o membro mais difícil de se conectar, que dirá fazer amizade. Att-Lass, Korath, Bron-Char, cada qual tinha sua peculiaridade, mas eles pareciam reconhecer Vers por quem ela era e a receberam como uma adição valiosa ao time.

Minn-Erva, nem tanto.

Um momento depois, sentiu uma presença atrás de si. Virou-se e deparou com Yon-Rogg.

– Desculpe – Vers disse, tentando soar genuinamente arrependida. – Não devia ter questionado a ordem.

Yon-Rogg balançou a cabeça.

– Você é uma boa guerreira, Vers – começou. – Tem potencial para se tornar uma ótima guerreira. Mas tem que aprender que cada guerreiro tem seu lugar. Não é para questionar. Nós não questionamos. Nós seguimos as ordens da Inteligência Suprema. Pelo bem do Império Kree.

– Pelo bem do Império – Vers repetiu, baixando os olhos.

– Essa missão é mais importante do que você imagina – Yon-Rogg acrescentou. – É vital que saibamos exatamente qual é o tamanho da força skrull em Aphos Prime.

– Por que estamos tão preocupados com os números? – Vers perguntou. – Não deveríamos querer saber o que é que eles estão fazendo mais do que quantos estão fazendo? Ou melhor, não deveríamos impedir que façam?

– Vai acontecer. Considere isso um teste.

– Um teste? – Vers repetiu à medida que Yon-Rogg se afastava. Levou alguns segundos, mas então ela compreendeu.

– Você está fazendo um teste comigo e com Minn-Erva, não está? – Vers gritou para a figura que diminuía rapidamente.

– Não vou responder – ele respondeu por sobre os ombros.

– Eu sabia! – Vers berrou.

Quando Yon-Rogg alcançou o final do corredor, as portas amarelas do elevador se abriram. Ele entrou e se virou para Vers enquanto as portas se fechavam. Talvez fosse sua imaginação, mas ela podia jurar ter visto uma leve sugestão de um sorriso na expressão severa dele.

CAPÍTULO 4

– Sabe, algumas pessoas dizem que é sinal de inteligência verificar a atmosfera de um planeta antes de abrir a porta da nave e expor a si e a outros membros da equipe a um ambiente potencialmente tóxico – Vers comentou, encarando Minn-Erva.

Sua colega tinha simplesmente aberto a porta sem executar nenhuma das verificações de rotina sobre a atmosfera. Certo, Aphos Prime era uma entidade conhecida. Já tinha sido mapeada antes, e sondas kree revelaram um planeta com atmosfera respirável similar à de seu planeta natal. Mas como saber o que poderia ter acontecido ali depois que os skrull estabeleceram residência no planeta?

Vers estava irritada. Geralmente, era ela quem subvertia protocolos. Não sabia ao certo como se sentia com outra pessoa do time copiando seus atos.

– Você vem? – Minn-Erva perguntou, ignorando o comentário de Vers e saindo pela porta.

– Estou bem atrás de você – Vers respondeu, prestes a saltar.

Do lado de fora da nave, ouviu Minn-Erva dizer:

– Então é melhor tomar cuidado com...

Vers se jogou da porta, e pousou de barriga em um campo lamacento, que emitiu um som estridente e desagradável.

– ... onde pisa.

Vers se levantou e olhou para baixo com desgosto. Estava coberta de lama, da cabeça aos pés. Em seguida, fitou Minn-Erva e percebeu que a mesma coisa tinha acontecido com ela.

– Camuflagem natural – Vers disse.

Minn-Erva não riu.

– Quais são as chances de termos chegado sem acionar nenhum alarme skrull? – Vers perguntou.

– A gente veio rápido – Minn-Erva constatou, retirando lama de um dispositivo em forma de disco em sua mão direita. – Sem chance de eles terem captado alguma pista de nós. Se os sensores pegaram algo, devem ter presumido que éramos um meteorito. Tem muita atividade neste setor.

– Isso *quase* soou como um "obrigada" – Vers falou.

– Bem que você queria – Minn-Erva disparou, ainda olhando fixamente para o objeto em sua mão. Ela o sacudiu várias vezes e soltou um suspiro. – Tem algo errado com isso.

Vers se aproximou e observou por sobre o ombro. O dispositivo que Minn-Erva segurava era um delicado sistema de rastreamento apto a detectar sinais de DNA dos skrull.

– O que tem de errado? – Vers perguntou.

– Quando tentei ativar, o rastreador entrou em curto-circuito – Minn-Erva relatou, balançando a cabeça. – Agora, não aparece nada. Deve ser algum tipo de interferência.

– Acha que foi bloqueado?

– De jeito nenhum – Minn-Erva falou. – Eles teriam que saber que estamos aqui.

– Aham. Então… e se eles souberem que estamos aqui?

– Pensei que você era uma pilota tão incrível que eles nunca saberiam sobre nossa chegada. – Minn-Erva a encarou com um sorrisinho afetado. – Como eles poderiam saber?

– Faz sentido – Vers concluiu.

De repente, o rastreador voltou a funcionar, brilhando na mão de Minn-Erva.

– Temos sinais – ela anunciou, tensa. – Múltiplos alvos. Naquela direção. – Acenou com a cabeça para o leste. Em seguida, o dispositivo se apagou.

– Deve ter algo neste planeta que confunde o rastreador – Vers falou.

– Ótimo – Minn-Erva respondeu. – A missão começou bem.

Com isso, Vers tocou um botão em sua luva esquerda. O caça kree, meio enterrado na lama, brilhou brevemente até desaparecer por completo de vista.

– A nave está encoberta. Vamos. Pelo menos temos uma direção. Se ficarmos, vamos estar marcando touca aqui fora.

– Por Hala! O que diabos é "marcar touca"? – Minn-Erva perguntou. – Esquece, não quero saber.

– Encontrou algo?

Minn-Erva olhou para o rastreador, que acendera uma luz vermelha uns minutos antes, mas depois se apagou. O sinal confirmava que estavam ao menos na direção certa, mas não durou o suficiente para oferecer um número exato das forças skrull ocupando o planeta.

– Nada desde o último sinal – Minn-Erva respondeu. – Talvez, se estivermos perto da fonte, podemos pegar algo.

– Neste momento, vamos dar a Yon-Rogg uma confirmação visual dos números – Vers sugeriu. – E vamos ter que atacar o inimigo se chegarmos tão perto assim. Você sabe, e eu sei. Não há como evitar.

– Você está forçando um enfrentamento, é isso? – Minn-Erva falou. – Você está sempre forçando demais as coisas, Vers. Nem pense nisso. Você ouviu Yon-Rogg. Não é pra atacar.

Vers grunhiu consigo mesma enquanto elas atravessavam uma ravina lamacenta. Conforme caminhava, ela ouvia um *tchap* toda vez que uma bota afundava na lama, e um *tchop* toda vez que saía, e cada som servia como pontuação para os pensamentos raivosos saltando em sua cabeça. Quem tinha morrido para que Minn-Erva se tornasse chefe? Aonde ela ia imitando Yon-Rogg e dizendo a Vers o que fazer?

Até que finalmente não aguentou mais. Tinha que falar o que estava pensando.

– Pergunta – Vers disse. Quando se virou à procura de fitar a colega, viu que Minn-Erva já estava revirando os olhos. – Por que você não gosta de mim?

Vers detestava parecer se importar, mesmo que só um pouco. Mas sua curiosidade era genuína. O que ela fazia que irritava tanto Minn-Erva?

A colega encarou Vers por um momento, sem acreditar.

– *Gostar* de você? Somos o quê? Crianças?

Foi a vez de Vers revirar os olhos.

– Olha – falou, dando outro passo na lama.

tchap.

– Não – Minn-Erva disse, dando uma volta com o dedo na cara de Vers. – Olha *você*. Você faz o que faz, eu entendo. Você é um recurso. Yon-Rogg acha que você tem algo para oferecer à Starforce. Assim como a Inteligência Suprema.

– E você? – Vers questionou, incisiva.

Minn-Erva não se pronunciou por um momento. Então falou, devagar:

– Acho que você faz muito barulho. Acho que causa muito estrago. Acho que não tem controle nenhum, e isso a torna um perigo. Para mim, para a equipe, inclusive para você mesma. Então se controle, me siga e talvez a gente consiga sair dessa lama.

Em seguida, Minn-Erva se virou sem mais nenhuma palavra e seguiu em frente pela superfície imunda.

tchap.

tchop.

– Certo – Vers disse para as costas da colega. – Ótima conversa.

CAPÍTULO 5

Uma hora tinha se passado desde que Vers e Minn-Erva se falaram pela última vez. Depois do conflito na ravina, nenhuma delas tentou puxar conversa. Continuaram atravessando a lama em silêncio, observando sinais de vida ocasionais no rastreador que Minn-Erva segurava na mão direita.

tchap.

tchop.

tchap.

tchop.

Os sons ficaram monótonos. Como tudo naquele planeta, Vers pensou. Até ali, parecia que a única coisa que Aphos Prime tinha em abundância era lama, lodo e sujeira, não necessariamente nessa ordem. As sondas kree não tinham identificado recursos naturais de valor nem sinais de vida. Aphos Prime era mesmo o que parecia: uma grande bola de lama em rotação.

Por que os skrull teriam qualquer interesse em um lugar assim era um mistério. Aphos Prime era remoto demais para ser de interesse estratégico. Não fazia fronteira com territórios kree. A superfície era instável demais para oferecer base permanente para tropas, tampouco era útil como porto ou estação de reabastecimento para naves espaciais skrull.

Então por quê?

Era a pergunta rondando a cabeça de Vers, e a resposta lhe escapava.

tchap.
tchop.
– Quieta – Minn-Erva sibilou, quebrando o silêncio.

Vers de repente voltou dos pensamentos e consultou o rastreador na mão de Minn-Erva. O visor tinha se acendido de novo, revelando múltiplos alvos vermelhos. Vers os contou rapidamente antes que a tela se apagasse.

Três.

Três skrull ao alcance, o que significava que estavam a quinhentos metros, no máximo. Vers examinou em volta, à frente, atrás, os lados.

Não conseguia ver nada além de lama.

Minn-Erva gesticulou para Vers se ajoelhar ao lado dela. Quando estavam próximo ao chão, a colega sussurrou:

– Não sei se estamos com a vantagem, ou se são eles.

– Não é uma boa sensação – Vers respondeu.

Minn-Erva assentiu.

– Esse rastreador é inútil. Não dá pra ter uma noção exata.

– Vamos ter que ficar com o contato visual – Vers disse.

– Contato visual significa luta – Minn-Erva replicou. – O que está fora dos parâmetros da missão.

– Os parâmetros da missão acabaram de mudar.

Minn-Erva fez uma pausa, então soltou um suspiro.

– Acho que sim – finalmente concordou.

Vers se arrastou até uma colina pelo chão lamacento. Ela escorregou na lama viscosa e quase caiu em uma fenda que se formara na encosta. Com um grunhido, ergueu-se e continuou em frente.

Logo alcançou o topo da colina. Esticou o pescoço para dar uma boa olhada no inimigo.

Havia três deles rastejando na lama, assim como ela. Estavam no cume de um morro a uns cem metros de distância.

Vers estava prestes a descer para avisar Minn-Erva quando ouviu um dos skrull gritar:

– Alvo localizado!

Novidade, Vers pensou. A explosão estrondosa dos skrull veio na hora em que ela desistiu de se agarrar na superfície lamacenta, deslizando para baixo imediatamente. Caiu bem na fenda e deparou com Minn-Erva lá, esperando.

Parecia irritada.

– Discreta – ela comentou.

– Não na lama – Vers replicou.

– Irrelevante. Eles sabem que estamos aqui, e onde estamos – Minn-Erva a repreendeu.

– E nós sabemos que eles estão aqui, e sabemos onde estão – Vers observou.

Minn-Erva estava preocupada.

– O que tem em mente?

– Acho que podemos dar um susto neles – Vers sugeriu, erguendo o punho direito.

– Guarde isso. É um exagero, tá cedo demais, Vers. Yon-Rogg não aprovaria.

Vers sorriu.

– Yon-Rogg não está aqui.

A bateria de fóton na base de seu pescoço tinha se tornado uma parte dela. Ocasionalmente, o objeto emitia sensações ou vibrações, mas era mais como uma presença contínua, quase reconfortante por sua consistência. Havia vezes que Vers até esquecia que estava lá. Não sempre, mas de vez em quando.

Agora não era uma dessas vezes.

O familiar zumbido já soava em seus ouvidos, e os pelos de sua nuca se eriçaram. Espreitando sobre o topo da colina, ela os viu, de rifles prontos. Eles abriram fogo. Os tiros passaram perto de sua cabeça.

Vers se colocou de pé. Cerrou os punhos e esticou os braços na direção dos skrull. O zumbido em seus ouvidos aumentou, e suas mãos começaram a brilhar.

A energia fotônica explodiu de seus punhos, e o feixe de luz cortou o ar, cobrindo em um nanossegundo a distância entre ela e os skrull no topo da colina. O chão cristalizou o foco no local onde a explosão de fótons atingiu o alvo, abrindo um buraco de cerca de três metros de diâmetro. Os skrull saíram voando.

Ela viu um deles tentando se levantar, apontando um rifle para ela. Vers ergueu as mãos e enviou outro raio na direção dele.

Só restou um buraco fumegante onde o skrull estava.

Vers se ajoelhou e voltou para a vala.

— Acho que funcionou — disse, confiante.

— Pegou todos? — Minn-Erva perguntou.

— Um com certeza — Vers falou, respirando fundo. Toda vez que usava suas habilidades, sentia um vazio estranho depois. Como se precisasse recarregar. — Mas aposto que os outros vão pensar duas vezes antes de nos atacar de novo.

Minn-Erva assentiu.

Então, um leve zunido chegou de longe. Vers ergueu o pescoço, observando o morro. O som ficou mais alto, mais perto. Daí as duas olharam para cima e viram.

Uma nave skrull. Bem acima delas. Em posição perfeita para abrir fogo.

— Tudo isso porque pensaram duas vezes, punhos brilhantes — Minn-Erva disse.

CAPÍTULO 6

— Tem quantos agora? — Minn-Erva perguntou, ejetando um cartucho da arma. Pegou um carregador no cinto, virou-o e o revirou na mão e o introduziu no compartimento de carga. Um segundo depois, a arma emitiu um gemido agudo, indicando que estava pronta para ser disparada.

— Oito — Vers respondeu. — Mais ou menos.

— E tem mais a caminho — Minn-Erva acrescentou.

Vers assentiu com a cabeça.

— Sem dúvida.

— Espera aí. A gente... acabou de concordar em alguma coisa? — Minn-Erva perguntou.

Vers abriu um sorrisinho.

— Infelizmente, sim. Acredite em mim, ninguém está mais perturbada com isso do que eu.

— Definitivamente, sou eu quem está mais perturbada — Minn-Erva respondeu, erguendo a arma.

— Agora que já estabelecemos isso, qual vai ser nossa próxima jogada? Eles nos encurralaram por cima. Posso resolver isso, mas preciso que você me dê cobertura. Tem oito skrull naquele morro pedindo que eu acabe com eles.

– Sei como eles se sentem – Minn-Erva disse, e Vers não entendeu se era brincadeira ou não. Respirou fundo, jogou o rifle no ombro e subiu a encosta enlameada. – Te dou cobertura e você fica com a nave – falou.

– É pra já – Vers disse, enfiando as mãos mais uma vez na parede de lama.

Quando alcançou o topo da colina, a nave skrull estava sobrevoando a área. Da sua posição, ela podia ver o piloto localizando-a e latindo ordens no comunicador. Ele certamente não estava pedindo para seus camaradas skrull as convidarem para jantar.

Minn-Erva já estava em sua posição estratégica no cume do morro, deitada, contendo o fogo com seu rifle; era uma contra oito e ela estava ganhando. Toda vez que um atirador de elite skrull tentava disparar para derrubar Vers, Minn-Erva respondia com uma saraivada que forçava o atirador a se abaixar. A descarga era incessante. O intervalo entre os tiros de Minn-Erva era praticamente inexistente.

O que abria uma brecha para Vers soltar outro raio de energia fotônica. Ela ouviu o zumbido soar mais uma vez, então o crescimento e depois a liberação, que saiu queimando o ar e deixando um cheiro de ozônio em seu rastro. O feixe de luz se estendeu para cima, de seus punhos para a nave skrull, fazendo um buraco bem no casco.

A rajada logo cobriu a nave. Não houve explosão. Em questão de dois segundos, ela simplesmente deixou de existir. O piloto tinha se jogado para fora poucos momentos antes, caindo de vinte metros na lama macia abaixo.

– Nave abatida! – Vers gritou.

– Ótimo – Minn-Erva disse, ainda contendo o fogo. Enquanto Vers se ocupava com a nave, ela derrubou três atiradores skrull. – Agora você pode me ajudar aqui.

Vers estava se sentindo zonza quando se virou para a colega. Tinha usado seus poderes de novo antes de se permitir um tempo para recarregar. Em vez de arriscar outro raio e se enfraquecer ainda mais, agarrou a arma, atirou-se à superfície lamacenta e rastejou ao lado de Minn-Erva.

– O que foi? Acabou a cota de "punhos brilhantes"? – Minn-Erva perguntou, sarcástica.

– Pensei que você não quisesse que eu recorresse a isso, pra começo de conversa.

Minn-Erva ficou em silêncio, depois disse:

– Como você falou: Yon-Rogg não está aqui.

Vers sorriu, fazendo mira com a arma e atirando contra os skrull restantes.

– Precisamos contornar o morro e pegá-los por trás – Minn-Erva instruiu. – É o único jeito de acabar com isso. Agora, é guerra de trincheiras.

– Posso segurá-los na posição enquanto você dá a volta – Vers ofereceu.

Minn-Erva balançou a cabeça.

– Sou uma atiradora. E uma escolha melhor. Sem ofensa – acrescentou, indiferente.

Vers a encarou.

– Você super quis ofender.

– Tem razão, eu quis. A verdade dói.

Vers não estava ofendida; as competências mais fortes de Minn-Erva eram seu inegável instinto e sua habilidade como franco-atiradora. Era a melhor na Starforce, e naquele momento era a mais indicada para manter os skrull ocupados enquanto Vers contornava o morro a fim de pegar o inimigo de surpresa por trás. Mas o campo de batalha era aberto. Como conseguiria se aproximar sem ser vista?

tchop.

Vers e Minn-Erva se viraram ante o som repentino. Olharam para trás e não viram nada.

tchap.

tchop.

tchap.

Passos?

Mas de onde vinham? Não havia ninguém por perto, apenas os atiradores no morro em frente.

tchop.

tchap.

O som estava ficando mais alto, e a lama ao redor delas começou a soltar bolhas.

O que estava acontecendo?

CAPÍTULO 7

A lama ao redor borbulhando.

O fedor de gás enchendo o ar com o cheiro execrável de enxofre a cada estalo.

O som repugnante de algo lutando para se libertar da lama.

Então, finalmente, Vers viu.

Um pontinho verde emergindo pela superfície da lama bem ao lado dela; era redondo e liso. Como vinha do lamaçal, Vers ficou se perguntando o que era, enquanto a curiosidade temporariamente levava a melhor entre a surpresa e o medo.

O objeto se projetava cada vez mais para fora da lama, assumindo forma aos poucos, até que Vers e Minn-Erva conseguiram ver a *coisa* por inteiro.

Era uma cabeça skrull.

Seus olhos pareciam sem vida, sua mandíbula estava aberta em um grito silencioso, e, por um momento, Vers pensou que o skrull estava morto de verdade. Mas, de repente, o alienígena deu uma arfada buscando ar e tentou alcançar Vers. Pegou sua perna direita, agarrando-se desesperadamente em seu uniforme.

– Me salve! Me salve! – o skrull pediu, em um sussurro fraco.

Momentaneamente assustada, Vers recuou e se libertou da frágil pegada dele.

Em seguida, tão rápido quanto apareceu, a cabeça foi sugada de volta para as profundezas da lama com um asqueroso *tchap*.

As duas integrantes da Starforce ficaram se encarando por um momento, sem palavras, perturbadas e em silêncio, como se indagassem "O que acabamos de presenciar?".

Nenhuma delas tinha uma resposta.

Subitamente, à distância, elas ouviram mais gritos, e souberam no mesmo instante de onde vinham.

Vários skrull atolados na lama que dominava Aphos Prime.

— A gente precisa dar o fora desta bola de lama — Vers disse. — Agora.

— Não discordo — Minn-Erva concedeu.

As duas guerreiras deixaram de lado a perseguição na colina enlameada e desceram a encosta aos escorregões. Ao longo do caminho, notaram o solo borbulhando com pequenas bolinhas de gás estourando na superfície. Quando chegaram à planície, começaram o árduo percurso através do lamaçal em direção à ravina e — assim esperavam — de volta à nave. A essa altura, não faziam ideia se ela ainda funcionaria, mas era a única opção.

— O que você acha que os skrull querem com um planeta que mata tudo o que vem parar aqui, incluindo eles mesmos? — Vers perguntou.

— A mesma coisa que os kree querem — Minn-Erva disse. — É uma arma.

— Como dá pra transformar um planeta em uma arma?

As duas estavam quase atoladas na lama enquanto atravessavam o lamaçal. Cada passo parecia afundá-las mais e mais, cobrindo seus corpos lentamente.

Minn-Erva não tinha uma resposta.

Mas a lama em volta pareceu responder. Ela borbulhou, como quando a cabeça do skrull emergiu na superfície. Vers e Minn-Erva pararam. A lama continuou soltando bolhas, como se estivesse fervendo. As bolinhas de gás estouravam ante o contato com o ar, e mais uma vez tudo ficou fedendo a enxofre.

Houve um estrondo baixo, como se a lama espumasse de irritação.

– Acho que isso não é lama... – Vers ponderou, sua voz sumindo.

– Então o que é? – Minn-Erva perguntou.

– O que quer que seja, acho que está... viva.

CAPÍTULO 8

Vers mal tinha terminado de falar quando o chão começou a se mexer e deslizar. Devagar, a lama escura foi subindo por suas pernas. Ela tentou se libertar, mas era impossível. Olhou para Minn-Erva e viu que a mesma coisa estava acontecendo com a colega.

— O que é isso? — Minn-Erva gritou, lutando para se soltar. Em vão.

— Algum tipo de mecanismo de defesa, talvez — Vers disse.

— Ótimo. Vamos dar a ele algo contra o qual se defender.

Minn-Erva apontou a arma, que ainda estava em suas mãos, para a lama. Disparou sem hesitar, e o chão começou a fazer um barulho. As bolhas de gás ficaram mais rápidas, cortando a superfície, estourando e enchendo o ar com seu fedor tóxico.

— Acho que você o deixou nervoso — Vers falou, e estava certa.

A gosma que estava subindo pelas pernas de Minn-Erva agora a puxava para baixo, com mais força do que ela podia combater. Ela foi afundando cada vez mais nas profundezas do planeta.

— Me dê sua mão! — Vers gritou, esticando-se na tentativa de agarrar a colega. Mas estava longe demais, desaparecendo rápido demais.

— Não… alcanço! — Minn-Erva berrou, lutando para pegar a mão estendida de Vers.

A lama já alcançava a altura de seu peito. Um segundo depois, estava no pescoço.

A situação de Vers não era muito melhor. A substância lamacenta também a puxava para baixo, mas ia até sua cintura. Por um momento, ela se perguntou se o disparo de Minn-Erva realmente deixara a coisa raivosa, e por isso estava afundando mais rápido.

Só que não havia muito tempo para pensar. Encarou Minn-Erva e viu seu rosto um pouco acima da superfície e sua boca levemente aberta em um "o" aterrorizado.

Minn-Erva não disse uma palavra antes de desaparecer por completo.

O instinto de Vers foi de explodir o chão com sua habilidade fotônica, mas pensou melhor. Lembrou-se de como a lama tinha reagido quando ela atacara os skrull, e do buraco enorme e fumegante que abrira no morro. Disparar na lama não traria Minn-Erva de volta e não a ajudaria a se libertar – só as destruiria. Além disso, ela estava fraca por ter usado tanta energia mais cedo. Até recarregar, seus poderes seriam inúteis.

Então ela percebeu. A maneira como o skrull surgiu da lama, do nada, para então desaparecer.

Talvez houvesse algo ali embaixo…?

Só tinha um jeito de descobrir. Vers se preparou para lutar contra a lama com o máximo de força que conseguiu reunir. Instantaneamente, o chão ao redor reagiu, oferecendo uma poderosa resposta contra seu empurrão, e ela começou a afundar rápido, bem rápido. A lama subiu até seu peito, depois até o pescoço. A sucção em seus pés era inacreditável. Mesmo com sua enorme força, ela parecia incapaz de se libertar.

E tudo bem. Ela não queria.

Mais uns segundos, e a lama cobriu seu rosto. Vers arfou sem ar, prestes a afundar totalmente.

Espero que eu esteja certa, pensou, antes que a lama a cobrisse.

— Seu pé está na minha cabeça.

Vers tentou abrir os olhos, mas não conseguiu. Levou uma mão ao rosto e retirou uma camada de lama incrustada. Analisou ao redor devagar, piscando rápido.

Parecia estar em algum tipo de caverna lamacenta, bem pequena. Era quase como se fosse um bolso. Vers estava deitada de costas e, quando ergueu a cabeça, viu que seu pé estava mesmo na cabeça de alguém.

A de Minn-Erva, mais precisamente.

— Pode tirar daí agora, antes que eu dê um tiro — Minn-Erva sugeriu.

Vers moveu o pé, pousando-o na lama ao lado da colega.

— Quanto tempo fiquei apagada?

— Não faço ideia — Minn-Erva disse. — Acordei um pouco antes de você.

Minn-Erva pegou a arma com a mão direita e apertou um botãozinho lateral, ativando a mira a laser, que forneceu apenas a iluminação suficiente para as duas mulheres enxergarem melhor o ambiente. O bolsão estava coberto de lama, assim como a superfície. Mas ali embaixo parecia haver trepadeiras grudadas nas paredes e no chão.

Vers encostou a mão no chão e sentiu que as trepadeiras estavam em movimento. Ou melhor, pulsando. Um segundo depois, ficaram imóveis. No segundo seguinte, pularam de leve. O padrão se repetiu de novo e de novo.

Lama gotejava do teto, que Vers presumiu ter pouco mais de um metro de altura. Elas conseguiam se sentar, mas não ficar de pé. No máximo, podiam rastejar. Mas essa não era a maior preocupação delas no momento.

— Como é que ainda estamos respirando? — Vers perguntou.

Minn-Erva olhou em volta, então encarou Vers.

– A pergunta mais adequada é: *por que* ainda estamos respirando?

Ambas são perguntas bem adequadas, mas beleza, Vers pensou, na defensiva.

– Seja lá o que for, esta coisa não quis nos matar. Está nos fornecendo oxigênio de alguma maneira.

Ela olhou para o chão novamente e sentiu as trepadeiras pulsarem sob suas mãos.

– Não acho nem um pouco que sejam trepadeiras – Vers pontuou. – Parecem vasos sanguíneos, ou certo tipo de sistema respiratório.

– Então você é cientista agora? – Minn-Erva perguntou, trocando o peso de um pé para o outro. O lugar, fechado e estreito, tornava difícil ficar agachado sem se desequilibrar.

Um pingo de lama caiu no rosto de Vers. Ela mal sentiu.

– Vamos ter que trabalhar juntas se quisermos sair daqui – Vers disse.

Minn-Erva assentiu.

– Você quis dizer todos nós?

Vers a encarou, confusa. Minn-Erva acenou com a cabeça para o ombro de Vers e anunciou:

– Temos companhia.

Vers se virou e deparou com uma cabeça nitidamente verde emergindo da parede de lama atrás de si.

CAPÍTULO 9

— Nem *pense* em se mexer, senão sua cabeça vai ficar igual queijo xandariano.

A arma de Minn-Erva estava apontada diretamente para o skrull que tinha acabado de brotar da lama.

— O que o traz aqui, estranho? — Vers perguntou, mostrando o punho para ele.

— Por favor — o skrull implorou, ofegante. — Não posso lutar. Estou ferido. Me livrem desta imundície, me salvem, por favor.

Vers e Minn-Erva trocaram olhares. Elas obviamente queriam mandá-lo pelos ares sem nem pensar. Eram kree. Eram guerreiras. Eram da Starforce. Tinham jurado proteger o Império Kree. E isso significava matar skrull.

Mas aquela era uma situação extraordinária. Nesse caso, tinham que considerar que a possibilidade de eliminar o skrull em questão pudesse não ser a atitude mais sábia no momento. Ele poderia ter informações valiosas. Ele poderia lhes contar tudo o que sabia, se fosse levado a Hala. Além do mais, ele tinha conseguido sair do bolsão que o prendia. Poderia ser um recurso para elas escaparem de tal pesadelo.

Minn-Erva acenou de leve com a cabeça para Vers, que entendeu o sinal.

— Se piscar, vai virar torrada — avisou, agarrando a cabeça do skrull sem gentileza nenhuma para libertá-lo da parede de lama.

– Não sei o que é "torrada" – Minn-Erva falou para o skrull –, mas, se eu fosse você, não ia querer virar isso.

– Acredito em vocês – o skrull respondeu. – Criaturas nojentas.

Agora ele estava preso pela metade no bolsão, e Minn-Erva ajudou Vers a puxá-lo. O ser estava deitado de lado, mas Vers percebeu que ele era relativamente baixo, mesmo para um skrull.

– Acho que minha camarada te fez uma pergunta – Minn-Erva disse. – O que está fazendo aqui, skrull?

O alienígena parecia ter dificuldade para respirar; cada inspiração produzia um chiado. Vers imaginou que um de seus pulmões talvez tivesse sido perfurado. Ainda assim, ele tentou falar:

– Não vou contar nada a você, kree. – O tom suplicante que ele adotara antes de Vers arrancá-lo da parede lamacenta se tornara veneno.

– Parece que você está tendo dificuldade pra respirar – Vers comentou. – Pra fazer seu pulmão funcionar. Você provavelmente sabe que está morrendo, e somos duas contra um. A situação não parece muito boa pra você.

– Se fosse o contrário, eu já teria matado vocês. Vocês são fracas – o skrull cuspiu.

Vers ignorou totalmente o comentário. Uma lâmpada tinha se acendido em sua cabeça.

– Espere, eu lembro de você. Você é o skrull que apareceu do meu lado. Lá em cima – falou, apontando um dedo para o teto. – Na superfície.

O skrull apenas a encarou.

Vers continuou:

– E suponho que, antes de decidir seguir uma minicarreira em assustar as pessoas até a meia morte ao brotar de superfícies lamacentas, você estava preso em um bolsão parecido com este aqui, certo?

Mais uma vez, o skrull apenas encarou as guerreiras kree.

– Você deve estar desesperado pra se salvar pra se esforçar tanto assim – Vers disse. – Então não me venha pagando de forte e durão, como se não se importasse e não fosse nos contar nada. Acho que você vai nos contar qualquer coisa que a gente queira saber, se for pra te ajudar a sair desta.

Minn-Erva virou a cabeça a fim de fitar Vers.

– Ajudar... ele? – perguntou, praticamente rindo.

– Ele se libertou de um desses bolsões. Conseguiu emergir na superfície uma vez. Abriu caminho por toda a lama até essa câmara. Podemos usar alguém assim.

A praticidade da sugestão de Vers não passou despercebida por Minn-Erva. Ela observou a companheira por um momento, então posicionou a arma diretamente para o peito do skrull.

– Da forma como eu vejo, você tem uma escolha – Minn-Erva começou. – Ou você nos ajuda a sair daqui, ou vou perfurar seu outro pulmão e abandoná-lo aqui para sempre.

– O que vai ser, campeão? – Vers instigou. – O tempo está se esgotando.

– Odeio vocês – o skrull chiou.

– O sentimento é recíproco – Vers retrucou.

Houve um breve momento de silêncio enquanto o bolsão tremia. As paredes começaram a vibrar, e pequenas bolhas de gás estouraram na superfície.

– O que foi isso? – Minn-Erva indagou, apontando para a parede.

– Está vivo. Todo este maldito planeta. Está vivo – o skrull soltou.

– Acho que a gente já tinha sacado isso, gênio – Minn-Erva disse. O skrull balançou a cabeça.

– Não vivo da forma como pensamos. É mais como... É como um câncer. O planeta todo.

– Como assim, um câncer? – Vers perguntou.

O skrull fez uma pausa e tentou se sentar. Vers agarrou seus ombros e o prensou contra a parede. Ele a encarou como se quisesse vomitar por conta do mínimo contato.

– De nada – Vers disse, animada.

O skrull franziu o cenho, mas finalmente reuniu fôlego suficiente para falar.

– Este planeta é um organismo vivo, mas não um animal. É mais como uma célula doente.

– Está dizendo que Aphos Prime sempre foi uma "célula doente"? – Minn-Erva perguntou.

– Não, não sempre. Porque este "planeta" não é Aphos Prime. É o que restou de Aphos Prime.

– O que *restou* de Aphos Prime? – Vers disse.

O skrull assentiu com intensidade, depois tremeu de dor em razão do movimento.

De repente, tudo começou a fazer sentido. A maneira como Yon-Rogg explicou sobre a missão, oferecendo tão pouca informação. Talvez ele – talvez até a Inteligência Suprema – não soubesse o que tinha acontecido em Aphos Prime. Talvez os sinais de atividade skrull, talvez a nave de reconhecimento kree destruída, tudo isso... talvez isso tivesse disparado alarmes no alto comando kree. Eles sabiam que algo acontecera em Aphos Prime, mas não sabiam o quê. E não queriam arriscar toda a equipe da Starforce para descobrir. Daí a missão de reconhecimento apenas. Para duas pessoas.

Mas isso significava que o próprio comandante de Vers e Minn-Erva as tinha enviado conscientemente para uma possível armadilha mortal? Ou ele tinha sido mantido no escuro por seus superiores?

Vers não tinha certeza de qual opção era a pior.

No momento, ela não tinha certeza de nada.

CAPÍTULO 10

– Como Aphos Prime ficou assim? – Vers perguntou. – Os skrull têm alguma coisa a ver com isso?

O skrull tossiu, e Vers viu manchas verde-escuras em seus lábios.

Hemorragia interna, pensou.

– Os skrull não fizeram isso – ele disse, melancólico. – Estamos tão no escuro quanto os kree.

– Por que será que não acredito em você? – Minn-Erva falou, com o dedo ainda no gatilho.

– No que você decide acreditar ou não acreditar não é da minha conta – o skrull latiu. – Estou dizendo a verdade.

Então ele começou a tossir novamente, trazendo os joelhos para o peito. Mais manchas verdes brotaram em seus lábios, e um pequeno fio de sangue verde descia de sua narina direita.

Vers entendeu a urgência da situação. Elas não teriam muito tempo com o skrull, e por enquanto ele parecia o único bilhete para fora daquele lamaçal.

– Beleza, a gente pode conversar quando sair deste buraco e deste mundo miserável. Como podemos cavar um túnel? – Vers disse.

O skrull hesitou por um momento antes de falar:

– As paredes... onde tem bolhas... parecem mais fracas. Você pode passar por ali.

– Passar não – Minn-Erva corrigiu. – Subir.

– Então vamos começar a cavar – Vers disse. – Você vai na frente. – Apontou para o skrull.

Ele não estava em condições de fazer muita coisa, mas nem Vers nem Minn-Erva confiavam nele o suficiente para dar as costas a fim de que ele as seguisse. Os skrull eram conhecidos no Império Kree por suas enormes trapaças. Até onde sabiam, o ferimento do skrull era só um jeito de fazê-las baixar a guarda.

– Tudo bem – ele guinchou.

Ele começou a cavar a parede lamacenta e borbulhante. Foi exatamente como ele dissera: seus dedos afundaram ali, e ele logo empurrou o corpo todo através da lama.

Minn-Erva se virou para Vers.

– Vou depois. Não quero perder esse skrull de vista nem por um segundo. Você vai na retaguarda. Certifique-se de não estarmos sendo seguidas.

– Seguidas? – Vers falou, olhando ao redor como se dissesse "Está vendo mais alguém aqui?".

Minn-Erva soltou um suspiro impaciente.

– Esse skrull deu um jeito de sobreviver aqui embaixo. Se ele conseguiu, os outros podem ter conseguido também. Não precisamos de ninguém nos espionando e nos atingindo antes de chegarmos à superfície.

– Bem pensado – Vers admitiu, relutante. – Mas você não me ouviu falando isso.

O interior do túnel era iluminado pelo laser da arma de Minn-Erva. Depois de romperem a parede enlameada do bolsão, o improvável trio se viu dentro de um tipo viscoso de tubo. O skrull ofegava com o esforço empreendido até ali.

Vers imaginou que o tubo devia ser uma trepadeira maior ou um vaso sanguíneo, como o que ela vira no chão do bolsão de onde vinham. As paredes internas pingavam lama, e havia um fluxo constante dessa coisa abaixo deles também. Estavam agachados, rastejando pela trepadeira, e a lama chegava até os joelhos.

O skrull ainda seguia na frente, embora estivesse visivelmente ficando sem energia. Vers calculou que tinham avançado vinte ou trinta metros pelo tubo. Parecia que estavam subindo em direção à superfície.

– Preciso... descansar – o skrull disse.

Ele parou de rastejar, prontamente caindo de cara na lama. Minn-Erva arrancou a cabeça dele da sujeira e o virou. O skrull ainda respirava, mas com ainda mais dificuldade do que antes.

– Ele não vai conseguir – Minn-Erva falou.

– Ele tem que conseguir – Vers respondeu. – Precisamos dele vivo. Precisamos que ele conte pra gente. Pra Yon-Rogg. Senão a missão terá sido em vão.

– Bom, então espero que tenha experiência com anatomia skrull, doutora – Minn-Erva disse com sarcasmo.

Vers ignorou a companheira e se debruçou sobre o skrull. Percebendo o furo em sua túnica, ela segurou o pano e o rasgou, revelando um buraco em seu peito. Não parecia uma ferida de disparo. Era mais como uma queimadura de ácido. Sentiu o ar assobiando no pulmão do skrull.

Sem parar para pensar, Vers arrancou um pedaço da túnica dele e fez uma bola. Enfiou o tecido no buraco no peito do skrull, tentando fechá-lo para evitar que o ar escapasse. Por um momento, o skrull não reagiu. Então seus olhos se arregalaram e ele se levantou, tossindo.

– Não... me toque – o skrull disse, empurrando Vers.

– De nada – ela respondeu. Executar tarefas para pessoas que não pareciam apreciá-las estava virando um refrão, pensou com tristeza.

Sem falar nada, o skrull ficou de joelhos e recomeçou a cavar.

Minn-Erva olhou para Vers.

– Boa, doutora – disse. Seu tom continha um respeito relutante que não estava lá antes desse episódio.

– Quando se vive bastante, se aprende algumas coisas – Vers disse.

Seu tom transmitia uma confiança que, no momento, ela não possuía. A verdade era que ela não estava certa sobre o que fazer, e isso a incomodava. Treinamento médico de emergência sem dúvida não era algo que aprendera sob a tutela da Starforce. Então de onde vinham tais instintos?

– Hala para Vers – Minn-Erva disse. – Estamos saindo. Você vem?

Vers sacudiu os pensamentos para fora, voltando ao presente e se agachando como Minn-Erva. Começou a rastejar.

CAPÍTULO 11

– Estou... estou vendo algo ali em cima – o skrull anunciou, tossindo.

Minn-Erva o empurrou para o lado e perguntou:

– O que é?

Vers, da retaguarda, só conseguia ver a colega da Starforce e o skrull imediatamente à frente, tampando a vista. Olhou para trás para garantir que ninguém – ou *nada* – estava seguindo-os. Até então, tudo bem.

– O que está vendo? – Vers perguntou, com a curiosidade aguçada.

– Vem aqui, Vers. Agora – Minn-Erva ordenou.

O túnel tinha cerca de um metro de largura; cabiam duas pessoas lado a lado, mas não três. Vers se esgueirou perto da companheira.

Colando o próprio ombro no ombro da atiradora, Vers olhou para a frente, para além do skrull que Minn-Erva ainda fazia questão de que fosse na dianteira. O laser da arma dela oferecia um pouco de iluminação, mas não muita. Ela podia ver que a trepadeira em que estavam se abria em uma caverna maior. Aparentemente era feita da mesma lama que corria pelo chão do túnel.

Mas a parte estranha era que a caverna era coberta de lama de cima a baixo, de forma que quase parecia uma parede sólida.

Ainda assim, de algum jeito, só uma gota dela adentrava o túnel onde Vers, Minn-Erva e o skrull estavam, boquiabertos.

– Como é possível? – Vers perguntou baixinho.

Minn-Erva sacudiu a cabeça.

– Você me pegou.

Vers se esgueirou para passar pelo skrull em direção ao espaço onde o túnel encontrava a caverna, em seguida esticou a mão. Descobriu uma espécie de membrana cobrindo a abertura. Era úmida e pegajosa, e se comportava como plástico ao toque.

– O que diabos é esse lugar? – Minn-Erva perguntou, frustrada.

Vers olhou para cima e viu algo ainda mais impressionante. A lama que fluía pela caverna era escura, mas também translúcida de algum jeito. Dava para ver a superfície do planeta no topo da caverna, os inconfundíveis sinais do dia.

Era como o chão onde as guerreiras kree pisavam. Ali estava, flutuando livremente na superfície lamacenta.

Tudo o que tinham que fazer era entrar na caverna, nadar através da lama e chegar à nave. Então poderiam ir para casa.

– Tudo o que temos que fazer… – Vers começou. Depois fez uma pausa, sabendo que era mais fácil falar do que fazer.

– O que é? – Minn-Erva perguntou.

– Nossa nave – falou, apontando para a superfície. – Está logo ali. Se conseguirmos atravessar a caverna e emergir na superfície, teremos uma chance de dar o fora deste lamaçal.

– Eu tentei – o skrull chiou, apertando seu peito ferido com a mão esquerda. – Não… não é possível.

– Então por que está aqui? – Minn-Erva disparou.

– Porque a outra opção era… menos atrativa – o skrull disse, e Vers deu risada.

– Estão prontos? – Minn-Erva perguntou, erguendo a pistola para a membrana.

Vers assentiu. O skrull também assentiu, embora nem Vers nem Minn-Erva se importassem muito com o fato de ele estar pronto ou não.

– Vou contar até três – Minn-Erva falou. – Um... dois... três!

Ela apertou o gatilho e um disparo atingiu a membrana. A energia a fez estalar, e o túnel balançou e tremeu para a frente e para trás, derrubando Minn-Erva.

Vers a amparou e ambas caíram em cima do skrull. Eles olharam para a membrana.

Estava intacta. O disparo não tinha causado o menor dano.

Isso não era verdade para o túnel. Em volta deles, mais lama começou a escorrer pelas paredes, borbulhando como antes. Só que, dessa vez, trepadeiras emergiram. Pulsando. E, de repente, explodiram das paredes.

– Cuidado! – Vers gritou, desviando de uma trepadeira que chicoteou e quase acertou sua cabeça. A coisa bateu na parede atrás dela, fazendo mais lama espessa jorrar.

– Está tentando nos matar! – o skrull berrou.

– Que óbvio – Vers comentou, empurrando Minn-Erva em busca de protegê-la de outra trepadeira. Ela não a acertou por pouco, mas acertou a coxa direita de Vers com um assobio.

Vers sentiu uma dor flamejar por um segundo enquanto agarrava a planta e a atirava longe. O ponto ferido estava ardendo, como se a videira tivesse sido coberta por algum tipo de ácido.

O buraco do peito do skrull, lembrou.

Mais videiras se desprendiam das paredes, e várias se enrolaram em volta do skrull.

– Ei, punhos brilhantes! – Minn-Erva gritou.

Vers se virou para a colega.

– Agora seria uma boa hora pra explodir algo com essas suas mãos – Minn-Erva sugeriu, disparando contra as plantas.

Cada trepadeira que acertava, e ela acertou várias, se partia em duas, vomitando um tipo de líquido ácido. Elas se reproduziam mais rápido do que ela conseguia impedir.

Vers olhou para as mãos. Não tinha certeza se já tinha recarregado, mas, se não usasse os poderes agora, estariam mortas.

Ou pior.

Fechou os olhos brevemente, sentiu o zunido na parte de trás da cabeça e deixou o poder crescer.

CAPÍTULO 12

O zumbido em seus ouvidos. Era tudo o que Vers escutava no momento. Ela abriu os olhos, observou ao redor e só enxergou caos. Devia haver centenas de trepadeiras agora – girando, balançando e batendo nos três ocupantes do túnel.

O pelo de sua nuca se arrepiou. Sentiu o poder fluindo para suas mãos, acumulando-se nos dedos.

As trepadeiras tinham cercado Minn-Erva. Apesar de suas tentativas de atirar e lutar para se libertar, estava perdendo. Ela gritou quando uma das videiras a atingiu, acertando a armadura em seu peito.

Vers não via mais o skrull; seu corpo estava completamente envolvido pelas trepadeiras.

O zumbido aumentou, aumentou, até que ela não conseguiu mais se segurar.

E a energia fotônica, pura e ofuscante, jorrou de suas mãos até a membrana à sua frente. Quase no mesmo instante, a coisa explodiu em um milhão de pedacinhos, que acertaram Vers, Minn-Erva e o skrull, cobrindo-os com aquele material viscoso.

Vers limpou a gosma dos olhos. Tinha conseguido.

Mas também tinha liberado uma torrente de lama da caverna, que agora corria solta pelo túnel. A força repentina dela a acertou por trás, jogando-a contra a parede. As trepadeiras arremeteram, tentando agarrá-la, mas Vers desviou. Ela mal teve tempo de respirar antes que o túnel ficasse completamente tomado pela lama.

Virou-se para Minn-Erva, que estava quase toda envolvida pelas trepadeiras, assim como o skrull. Vers apontou os punhos para a parede bem atrás da colega, o ponto de origem das videiras, e liberou outra explosão de energia fotônica.

As videiras chiaram, partindo-se na metade e queimando no local onde a explosão as atingira. A parte que tinha capturado Minn-Erva ficou mole no mesmo instante, sem vida, e a guerreira caiu no chão.

Vers girou para enfrentar as que tinham prendido o skrull. Soltou outra explosão, destruindo-as. Essas também perderam a força, derrubando-o na lama.

Apesar de Minn-Erva agora estar livre, ainda parecia estar sofrendo pela luta com as videiras e a súbita falta de oxigênio. Vers a pegou pelo braço. Nadou até o skrull, que estava inconsciente. Agarrou-o pela cintura e o puxou.

Então seguiu para a membrana partida e a atravessou, arrastando Minn-Erva e o skrull com ela.

– Estou bem, estou bem – a colega disse, ofegante. Mesmo protestando contra os esforços de Vers, segurou-se firme na companheira, confirmando a fraqueza que ela orgulhosamente não queria admitir.

Vers revirou os olhos. *Teimosa até o fim*, pensou.

– Minn-Erva, não gaste energia tentando resistir. Me deixe ajudar.

Minn-Erva ficou em silêncio, mas Vers sentiu um ligeiro aperto em sua pegada, que considerou um sinal de anuência. Continuou se arrastando.

Lá dentro, a caverna era um vasto oceano de lama translúcida. Enquanto Vers olhava para a superfície acima, viu que o caça kree permanecia lá.

Até agora, tudo bem, pensou.

Sozinha, o trajeto dali até a superfície já seria penoso. A lama não permitia qualquer tipo de movimento rápido, resistindo a cada golpe, puxando-a para trás cada vez que ela tentava seguir em frente.

Tendo que carregar mais dois passageiros consigo, era praticamente impossível.

Mas ela não ia desistir. Não estava pronta para morrer. Não naquele dia.

Nem nunca.

Com toda a sua força, foi nadando aos chutes mais e mais para cima, levando seus dois companheiros com lentidão, inexoravelmente até a superfície.

Abaixo, viu a caverna sendo tomada por membranas iguais às que tinha acabado de destruir. Uma por uma, elas foram se abrindo, e trepadeiras começaram a brotar.

Centenas.

Milhares.

Rastejando sorrateiramente através da lama, serpenteando na direção de Vers.

Parecia que, o que quer que essa coisa fosse, queria mantê-los bem onde estavam. Se o planeta fosse mesmo como um câncer, as videiras deviam estar tentando absorvê-la. Para se alimentar deles e sobreviver.

Nojento.

Estava quase na superfície agora, e a poucos metros da nave. Ainda assim, ela parecia bem longe. As trepadeiras se aproximavam, e a lama era mais grossa ali. Ficava cada vez mais difícil avançar.

Percebendo que não conseguiria mais, Vers decidiu se livrar do peso que carregava. Soltou o skrull por um momento; ele ficou parado, suspenso pela lama, como um fóssil. Em seguida, agarrou a cintura de Minn-Erva. Reunindo toda a sua força, empurrou a colega para a frente e para cima, em direção à nave.

Vers ficou olhando Minn-Erva subir lentamente até seu corpo emergir na lama. Não fazia ideia se a colega ainda estava consciente a essa altura.

Então foi a vez do skrull. Deslocou-se até o alienígena desmaiado, agarrou-o pela cintura e o empurrou até a superfície.

E agora era sua vez. Chutou com força.

Nada aconteceu.

A lama acima parecia forçá-la para baixo, cada vez mais para baixo. Quanto mais lutava, ficava mais difícil, e a lama exercia mais pressão.

Vers não entendia o que estava acontecendo. Tudo o que sabia era que não conseguia mais prender a respiração, e a superfície não se aproximava.

Mas as trepadeiras sim.

Elas já tinham agarrado sua perna esquerda, puxando-a para baixo com força.

Pensando que talvez ainda houvesse energia suficiente para uma última explosão fotônica, apontou o punho para a videira. O zumbido foi preenchendo seus ouvidos devagar, quando de repente foi sobreposto por um chiado estridente.

Vers estremeceu ao ver uma faixa de luz perfurando a lama, batendo na videira e cortando-a em dois pedaços.

Minn-Erva.

Nadou o mais rápido possível, esticando as duas mãos para cima. O zumbido em sua cabeça aumentou e os pelos de sua nuca se eriçaram.

Com um último esforço, explodiu através da lama.

CAPÍTULO 13

– Você tem condição de pilotar essa coisa? – Minn-Erva gritou para Vers.

Aparentemente recuperada da luta com as trepadeiras, Minn-Erva estava parada na base do caça kree, atirando na lama abaixo sem parar. Videiras emergiam às dúzias, tentando desesperadamente agarrar a nave e os três indivíduos sobre ela.

Vers tentava recuperar o fôlego, apoiada na lateral do caça. Quase não conseguiu escapar da lama, mesmo com a intervenção de Minn-Erva e suas próprias habilidades. Tinha gastado uma quantidade inacreditável de energia fotônica e se sentia em transe.

Mas, se Minn-Erva tinha se restabelecido, então ela também podia.

– Posso pilotar qualquer coisa, em qualquer lugar – disse, e falava sério.

Uma videira chicoteou perto de seu rosto, mas ela nem piscou. Abriu a porta do caça, agarrou o skrull ainda inconsciente e o enfiou lá dentro.

Minn-Erva continuava disparando, mantendo as trepadeiras sob controle. De vez em quando, uma delas escapava, mas Vers a neutralizava antes de ela conseguir atingir algo.

Ela deslizou pela porta e se posicionou no banco do piloto. Ligou os motores, evitando todos os procedimentos pré-voo necessários para aquecer o nave. Não havia tempo para isso.

– Se quiser sair daqui, é melhor entrar agora! – Vers berrou, torcendo para ser ouvida do lado de fora.

Um segundo depois, ouviu a porta se fechando com força. Minn-Erva estava de pé dentro da nave, segurando o braço esquerdo. Estava sangrando.

– Tira essa lata daqui – disse com uma careta.

– Com prazer – Vers respondeu, apertando os controles e colocando os propulsores na potência máxima.

O caça explodiu da superfície, deixando um buraco na lama. O ar se encheu com o som mais lancinante que Vers já ouvira. Quis desesperadamente cobrir os ouvidos com as mãos, mas não podia – precisou de toda a sua força para manter as duas mãos nos controles.

O som cortava o casco do navio. Minn-Erva se sentou no banco do copiloto e prendeu o cinto.

– O que é esse som? – perguntou, enquanto ele diminuía à medida que se afastavam da superfície.

– O planeta estava gritando – Vers disse.

Em segundos, a nave atravessava a atmosfera do que um dia fora Aphos Prime, novamente se movendo tão rápido como se para evitar os sensores skrull.

As duas guerreiras relaxaram visivelmente conforme os restos do planeta dizimado e doente ficava para trás, cada vez mais longe. Vers olhou por cima do ombro para o skrull, que ainda estava desmaiado, seu peito subindo e descendo fracamente. Em seguida, olhou para Minn-Erva.

– Obrigada – disse. – Pelo que fez lá.

– Você teria feito o mesmo por mim – Minn-Erva falou, sem encarar Vers. – Na verdade, você meio que fez. Então obrigada.

Vers não conseguiu segurar uma risada.

– O que é tão engraçado?

– Eu te disse que você ainda me agradeceria antes de a missão terminar – Vers disse com um sorrisinho. – Olhe só quem estava certa!

CAPÍTULO 14

– E o prisioneiro skrull? – Vers perguntou.

– Ele será interrogado. Depois decidiremos o que fazer com ele – Yon-Rogg disse.

Os dois caminhavam pelo corredor em direção à sala de reunião. Os outros membros da Starforce – Minn-Erva, Att-Lass, Bron-Char e Korath os esperavam lá.

Vers não pôde evitar fazer a pergunta que a estava perturbando desde que compreendera o que Aphos Prime realmente era, e o perigo real a que Minn-Erva e ela tinham sido expostas pelos kree.

– Yon-Rogg… você sabia o que era Aphos Prime? – Vers perguntou. – E se sabia… por que não nos avisou?

– Nós não fazíamos ideia – Yon-Rogg respondeu. – O que aconteceu em Aphos Prime é um mistério para todos nós. – Ele deu um aceno com a mão, como se declarasse o assunto encerrado. – Agora se prepare para as instruções.

Vers se sentia frustrada caminhando à frente de seu comandante. Sentia que ele sabia mais, que havia algo que ele não queria contar.

Apesar do perigo que enfrentaram, a missão em Aphos Prime tinha sido importante. Vers e Minn-Erva revelaram um poder terrível e trouxeram ao menos uma testemunha, que poderia oferecer mais informações. E, Vers tinha que admitir, descobriu que podia se dar bem o suficiente com Minn-Erva para completar uma missão. Elas até tinham salvado uma à outra, o que não deveria surpreendê-la, mas a surpreendia.

Conforme Vers se aproximava da porta da sala de reunião, espiou para trás e viu Yon-Rogg escrevendo algo em seu tablet.

Se pudesse ver a tela, leria as palavras *Aphos Prime/Companheira Kaal/teste concluído*.

Mas ela teria que esperar para entender o que significavam.

MAS ISSO FOI ANTES.
ISSO É...

AGORA

CAPÍTULO 15

– Solte-a!

– Não vamos sair. – *ssshhrrrzzzzzkkkk*. – ... não é uma opção. *krrrzzzzzzkkk*.

– ... comprometer tudo! *krrrzzzzzzkkk*.

– ... não confie... – *krrrrrkkk*.

A conversa no comunicador estava cortando, a estática obscurecia a maioria das palavras, chiando em seus ouvidos e quase a deixando surda. Mas Vers tinha ouvido o suficiente.

Estava encrencada.

Não que precisasse ouvir o comunicador indo e voltando para saber. Para começar, havia o corte de quinze centímetros em sua perna direita. Depois, havia o sangue azul fluindo livremente da ferida – que teimosamente se recusava a fechar, graças à faca xandariana que ela tinha arrancado da perna sem cerimônia menos de um minuto antes.

Por último, havia o corpo retorcido da cientista xandariana caído diante dela, morto. Companheira Kaal.

Não tinha sido por suas mãos. Não, isso era resultado direto da explosão. A que destruiu o bunker que Vers invadira de modo tão sorrateiro. Era um milagre que ela ainda estivesse viva.

A companheira não tivera tanta sorte.

Vers ofegou dolorosamente, tentando sorver um pouco de ar puro. Seus pulmões queimavam e suas têmporas latejavam, assim como a perna, pulsando sem cessar. A cada batida, jorrava um pouco mais de sangue da ferida, formando uma pequena poça no chão de concreto embaixo de si.

Ela se encolheu, piscando repetidas vezes à procura de limpar os olhos. Estavam desfocados, e ela os esfregou. Uma tontura a solapou, e suas têmporas começaram a doer com mais insistência.

Se recomponha, Vers. Ninguém vai te tirar dessa. Você está sozinha.

Então se controle.

E dê uma boa olhada ao redor.

Sentou-se, ergueu o pescoço e olhou em volta, avaliando a situação. Presa em um bunker bombardeado, agachada atrás de uma pilha de escombros. Xandarianos na colina à esquerda, e no corredor abaixo à direita. Quantos havia? Não conseguia determinar; estavam muito bem escondidos. Eram da Tropa Nova? O que tentara matá-la instantes atrás certamente não era. A Tropa Nova ao menos operava sob algum código de conduta, de honra – Vers sabia. Eles não carregavam facas e perseguiam assassinos, espreitando suas presas.

A menos que estivesse errada sobre os xandarianos e Yon-Rogg estivesse certo.

Yon-Rogg está sempre certo.

Ou talvez... não esteja desta vez.

Vers rastejou pelo chão, arrastando a perna ferida através dos destroços, deixando um rastro de sangue pelo caminho. Rasgou um pedaço da calça do uniforme e o amarrou em volta do corte. O torniquete improvisado estancou um pouco o sangue – mas só um pouco.

Se não saísse logo dali, sangraria até a morte.

Precisava encontrar seus companheiros.

Isso se eles já não a tivessem abandonado ali.

Eu ferrei tudo, eu ferrei tudo, eu ferrei tudo...

CAPÍTULO 16

Parecia ontem que Vers estava tentando, como sempre, superar seus demônios na corrida matinal. Seus pés batiam no chão um após o outro. O ritmo era implacável. Ela precisava continuar correndo.

Mantenha-se concentrada.

E ela estava mesmo concentrada. Tão concentrada que nem o viu se aproximando. E no último segundo, quando finalmente percebeu, já era tarde demais.

– Ei!

O velho caiu no chão quando Vers trombou com ele. Ele bateu na superfície dura, pousando com um sonoro *tump* e esfregando o cóccix enquanto olhava para cima. Seu próprio impulso quase a derrubou também, mas ela se recuperou, pisando com o pé direito primeiro, depois com o esquerdo, e se equilibrando antes de parar.

– Por que não olha por onde anda? Eu preciso...

O homem, meio calvo, com cabelos esparsos próximos às têmporas, franziu as sobrancelhas e encarou Vers. A mulher viu a expressão em seu rosto, a confusão e a apreensão, enquanto assimilava a pele pálida e os cabelos claros que a marcavam como "diferente". O olhar dele mudou conforme observava com agilidade as roupas e a insígnia que ela usava. De repente, seu comportamento mal-humorado se transformou.

– Desculpe – ele disse, num tom subitamente suave e apaziguador. – Me desculpe mesmo, foi minha culpa.

Vers estendeu uma mão.

– Não, foi minha culpa – falou. Sua respiração estava calma e controlada, apesar de estar correndo há quase uma hora. – Eu devia ter prestado atenção, mas...

O homem dispensou a mão de Vers com um gesto.

– Não, por favor, eu que devia ter prestado atenção. Obrigado por seus serviços – ele agradeceu, colocando-se de pé e limpando os joelhos, um pouco trêmulo. Sua careta se transformou em sorriso quando percebeu que Vers ainda o observava com atenção.

– Tem certeza de que está bem?

– Perfeitamente bem – ele disse, afastando-se com uma leve e estranha reverência.

Vers coçou a nuca, colocou as mãos na cintura e se inclinou um pouco. Respirou fundo. Ainda não estava acostumada com o respeito automático que a Starforce provocava. Como membros da equipe de combate de elite kree, Vers e seus colegas tinham sido incumbidos de defender a população e as propriedades do Império Kree. Era uma missão que ela levava bem a sério, e um compromisso que também era respeitado pelos cidadãos do Império Kree.

Ela ficou observando enquanto o homem desaparecia pela manhã e recomeçou a correr. Os outros membros da Starforce sempre comentavam sobre seu treino, especialmente Minn-Erva.

Por que você corre lá fora?, Minn-Erva tinha perguntado mais de uma vez, com desdém óbvio no tom. *É uma atividade inútil. Existem jeitos melhores de se preparar para o combate.*

Por que ela corria? Porque ajudava a esvaziar a cabeça. Quando corria, Vers se desligava de tudo, até daquele pensamento irritante no fundo da sua mente. Como uma lembrança fora de alcance, algo que ela nunca poderia acessar. Um refrão persistente, ocupando espaço, embora permanecendo teimosamente fugidio.

Seus pés batiam no chão, e ela logo restabeleceu o ritmo. O ruído branco preenchia seus ouvidos, conforme a respiração e o batimento cardíaco abafavam os sons da cidade. Estava madrugando esses dias, apesar de sentir que sempre fora do tipo que acordava cedo. Não conseguia se lembrar. Isso a incomodava.

Vers mirou os prédios altos que se assomavam em direção ao céu. Tudo tinha um aspecto angular – afiado e abrupto. Havia algumas curvas na arquitetura, e Vers achava isso interessante. Os prédios pareciam combinar com a personalidade das pessoas em Hala, pensou.

Continue correndo.

Corra para não ter que pensar.

Pensar é o que faz com que uma pessoa do meu ramo seja morta.

CAPÍTULO 17

Yon-Rogg era um homem de ação, não de palavras. Quanto mais ação e menos palavras, melhor.

A reunião tinha sido misericordiosamente curta. A missão foi retransmitida de forma clara e concisa, embora fosse difícil de engolir. Mas, como líder e comandante da unidade de combate de elite kree, Yon-Rogg estava acostumado com o difícil. Estava acostumado com o quase impossível. Ele definitivamente já tinha enfrentado coisa pior.

Ainda assim, era só a parte um. Haveria outra reunião mais tarde naquele dia, dessa vez com toda a Starforce. Sacudiu a cabeça e levou uma mão ao cabelo curto.

Eles estarão prontos, dissera aos seus superiores. A Starforce sempre estava pronta. E ele acreditava na equipe. Em cada um deles.

Mas sabia que certos membros não pensavam necessariamente igual.

E, se a Starforce ia mesmo aderir a essa missão, Yon-Rogg precisava que todos trabalhassem juntos, cooperando e protegendo uns aos outros.

Não permitiria nenhum deslize sequer.

E isso significava que teria que ficar de olho em Vers.

– Uau, você já está aqui – Vers comentou. – Geralmente eu tenho que tocar a sua campainha.

Yon-Rogg estava parado do lado de fora de seu apartamento, vestido com roupas de ginástica, enquanto Vers trotava ao seu lado.

– Estou sempre pronto. Mesmo quando não estou – ele disse.

Os dois desceram a rua.

– Também admiro seu entusiasmo e motivação – Yon--Rogg falou.

– Isso é um código para "Por favor, pare de aparecer na minha casa com o raiar do dia"? – Vers perguntou com um sorriso.

– Praticamente – Yon-Rogg respondeu. Ele não estava brincando.

Vers encolheu os ombros enquanto eles corriam em perfeita sincronia na rua silenciosa e vazia. Havia pouca atividade na cidade a essa hora da manhã. Algumas pessoas voltando para casa de seus trabalhos noturnos, e outras indo para o trabalho.

– Trombei em alguém no caminho pra sua casa – Vers contou, puxando conversa. As palavras saíam com fluidez e a respiração era fácil, apesar do ritmo acelerado.

– Alguém que eu conheça? – ele perguntou.

– Não, quero dizer, eu literalmente *trombei* com alguém. Atropelei ele – Vers falou, ilustrando suas palavras ao bater uma mão na outra.

– Você e sua corrida – Yon-Rogg disse, balançando a cabeça. – Você é insaciável. Não entendo.

– Talvez se tentasse, você entenderia.

Ele olhou para Vers e sorriu. As corridas até a academia eram mais do que suficientes para ele. A corrida era útil para Yon-Rogg somente como um meio necessário para um fim desejado; para Vers, parecia um fim em si mesmo.

– Vou deixar você ficar com toda a diversão – ele falou.

A academia estava vazia quando chegaram. Não era extravagante, apenas um lugar velho, mas servia bem aos propósitos dos dois guerreiros. Yon-Rogg fez um gesto para Vers se juntar a ele na esteira, então ergueu as mãos. Ele olhou para a adversária e acenou com a cabeça.

Ela está desconcentrada, posso ver.

Não podemos permitir isso.

– Pronta? – perguntou, chamando-a com a mão direita.

– A pergunta é: *você* está pronto? – foi a resposta.

Ela se colocou em posição de ataque e desferiu um chute circular com a perna direita. Yon-Rogg desviou para o lado. Então agarrou a perna dela com a mão esquerda e golpeou a batata da perna com a direita.

Vers grunhiu, por pouco caindo na esteira. Ela se recuperou e pousou com o joelho esquerdo. Suas mãos se apoiaram no chão e ela deu uma cambalhota, parando de pé.

– Bom – Yon-Rogg disse. – Se vier até mim com um ataque tão atrapalhado, pelo menos saiba sair rolando pra fora dele.

– Quem disse que isso foi um ataque? Só estou sondando sinais de fraqueza – Vers falou, com um sorriso confiante no rosto.

– Menos piadas, mais luta – Yon-Rogg cortou.

Então ele atacou com o braço direito enquanto Vers se abaixava para a direita, quase acertando seu pescoço. Ainda de cócoras, Vers chutou com a perna esquerda, dando uma rasteira e fazendo-o cair de costas. Ele bateu na esteira com um baque surdo.

Yon-Rogg piscou. Quando abriu os olhos, Vers estava ajoelhada sobre ele, com a mão direita a centímetros de seus olhos, pronta para golpeá-lo.

– Acho que encontrei a fraqueza – Vers disse, ainda sorrindo.

Ela não está levando isso a sério.

Ela precisa aprender que nunca pode baixar a guarda.

Sem uma palavra, Yon-Rogg estendeu a mão direita, afastando a mão de Vers e fazendo-a se desequilibrar.

Nunca.

Um segundo depois, ele estava de pé. Pega de surpresa, Vers cambaleou para trás, permitindo que ele desferisse golpe após golpe em seu tronco. Não eram golpes para matar – apenas para deixar a adversária sem ar, tornando a respiração quase impossível.

Agora era a vez de Vers ir ao chão.

Ela ofegou, tentando fazer seus pulmões inspirarem o ar tão necessário.

– Essa lição tardou – Yon-Rogg disse, assomando sobre ela.

Devagar, à medida que a dor abrandava, Vers finalmente conseguiu respirar.

– Suponho que você pense que ganhou – ela sibilou, ofegante, sentando-se com esforço.

– Se não aprender a levar isso a sério, vai acabar morta – ele falou. Sua voz mantinha um tom equilibrado; não estava sendo dramático, era apenas a simples constatação de um fato.

– Sei que é difícil pra você acreditar, mas eu levo isso a sério – Vers disse, meio na defensiva. – O treino, a missão, a Starforce… tudo isso.

– Sei que você acha que leva. E sei que você tem potencial.

– Por que sinto que tem um *mas* a caminho?

Yon-Rogg se virou enquanto Vers se levantava. Ambos se aproximaram da borda da esteira. Então ele pegou uma toalha do chão e a arremessou para Vers. Depois, pegou a própria toalha e começou a secar o suor do rosto.

– Você não pode ter nenhuma dúvida – falou. – *Eu* sei que você é boa o suficiente pra ser parte da equipe. Mas *você* também precisa saber disso.

Apontou o dedo para a cabeça dela e continuou:

– Não posso fingir que sei o que se passa lá fora, mas se não consegue se manter focada e com a mente clara...

Vers soltou um suspiro, passando a toalha pelo rosto.

– Sou uma guerreira kree. Não duvide de mim.

E jogou a toalha na cara de Yon-Rogg. No momento seguinte, ele sentiu um pé em seu intestino e um golpe forte na base do pescoço. Yon-Rogg balbuciou algo, jogando a toalha para o lado e pulando de volta para o modo de ataque.

Não me dê motivos para isso.

CAPÍTULO 18

Uma pontada aguda de dor trouxe Vers de volta para o presente.

Não importa quão ruins estejam as coisas, elas sempre podem ficar pior.

Muito *pior.*

Era para ser uma missão simples. Entrar, sair.

Não sangrar *até morrer.*

Os kree estavam sangrando havia anos. Sangrando em uma guerra aparentemente interminável com os xandarianos. Sangrando mão de obra. Sangrando recursos.

Era sangue demais.

Era para a missão mudar tudo isso. Ela viraria a maré, viraria a balança em favor dos kree. *A paz estava chegando*, disseram. Havia rumores de negociações em curso nos níveis mais altos. Mas também havia aqueles entre os militares kree que acreditavam na vinda da paz somente por meio da força.

A Starforce era a força deles.

Vers ofegou audivelmente ao segurar sua perna. O torniquete improvisado mal fazia seu trabalho. Sua perna latejava, e ela sentia o sangue quente e pegajoso impregnando o curativo, e pequenos rastros azuis escorriam pela sua panturrilha.

Nada bom. Pelo menos não tem ninguém atirando em mim agora.

Espiando por um buraco na fundação quebrada, observou à distância onde tinha avistado os adversários xandarianos. Não havia sinal deles, nenhum indício de movimento. Aproveitando a oportunidade, tentou se levantar, em busca de escapar da posição desvantajosa e encontrar um local mais seguro, onde ela poderia pelo menos esperar por remoção ou resgate da sua equipe.

Tentou se equilibrar, mas a perna cedeu quase instantaneamente, incapaz de aguentar seu peso.

Ela sabia que a lesão na perna era grave, mas percebeu que era ainda pior do que imaginara.

Muito pior.

Mordeu o lábio e respirou fundo. Segurou por um momento, então soltou.

Foco. Concentre-se. Supere a dor.

Tentou se levantar de novo. Dessa vez, conseguiu. A dor era ofuscante. Mas a perna não cedeu, tampouco ela. Não fazia ideia de quanto tempo a perna aguentaria antes de se tornar completamente inútil. Apoiou-se na fundação, movendo-se o mais rápido que conseguia, arrastando a perna ferida. Com a mão direita, limpou o sangue escorrendo pela perna.

Não deixe rastros para alguém seguir.

Vers estava na beira da fundação, então vacilou, subitamente tonta. Estava atordoada, desorientada.

Nada bom, nada bom.

– Acho que vi algo se movendo!

A voz veio do nada e trouxe Vers de volta ao presente.

Concentre-se...

Ela jogou as costas contra a fundação, ficou imóvel e prendeu a respiração. Esperou alguém responder à voz, mas só ouviu o silêncio. Então notou o som de pés pisando sobre os escombros. Estavam perto, mas não tanto. Ainda não.

Acho que só tem um deles.

Devagar, virou a cabeça para enxergar além do monte de pedras. Então o viu. O uniforme o denunciou.

Tropa Nova, definitivamente.

O guarda da Tropa Nova parecia ter cerca de um metro e oitenta, era musculoso e corpulento. Ele brandiu um detonador preso no pulso direito, e Vers notou que seu dedo dava batidinhas nele, como um tique nervoso. O oficial perscrutava ao redor, movendo os olhos para a esquerda e para a direita, para a esquerda e para a direita.

Tentando me localizar.

Ela se perguntava onde estariam os outros Novas. Eles deviam estar chamando todos a essa altura. A menos que algo tivesse acontecido.

Ou alguém.

Vers permaneceu imóvel, planejando o próximo passo. Deveria esperar e torcer para que o Nova não a encontrasse, ou então derrubar o guarda logo. Não havia como sair de lá sem que ele notasse, não agora. Sua mente voou recordando o treinamento, todas as sessões matinais de luta com Yon-Rogg. Ela conhecia dezenas de maneiras de incapacitar um inimigo com as próprias mãos; algumas não letais. Mas, com a perna machucada, ela precisaria descobrir um jeito de atacar enquanto se mantinha imóvel.

Apoiando-se na pedra, espiou outra vez. O Nova não estava lá, mas ela ainda ouvia a aproximação dos passos.

Mais perto.

Por um momento, Vers esqueceu a perna. Tentou respirar fundo e em vez disso sentiu um ardor correndo por toda a sua traqueia. Sua garganta se apertou e doeu para engolir saliva. A tontura ainda estava lá também.

O som de pedras se movendo.

Mais perto.

Concentre-se.

Está doendo, está doendo, está doendo, está doendo...

Mais perto.

Então sua mão subitamente disparou, e se espremeu.

CAPÍTULO 19

Antes de serem enviadas para a missão, Minn-Erva passara o dia como qualquer outro enquanto melhor atiradora da Starforce: praticando tiro. Ergueu o rifle, sentindo seu agradável peso nas mãos. Posicionou a coronha da arma com firmeza sobre o ombro direito e fez mira. O alvo estava a apenas trezentos metros. Estava acostumada com treinos assim em seus sonhos. Mas era o objetivo de todo o treinamento, não era?

Apertou o gatilho e disparou um tiro.

Então outro.

E outro.

– Excelente – elogiou uma voz vazia, sem corpo. – Disparos: três. Alvos acertados: três. Avaliação dos danos: mortalidade máxima.

– Mortalidade Máxima devia ser o nome da sua banda.

Minn-Erva revirou os olhos. Nem se preocupou em olhar para Att-Lass enquanto ele falava. Ouviu-o carregando a pistola conforme caminhava atrás dela.

– Você é igualzinho a *ela* – Minn-Erva falou, erguendo o rifle até o ombro e fazendo mira mais uma vez. – Acha que tudo isso é uma brincadeira.

– Yon-Rogg bota fé nela – Att-Lass rebateu, assumindo a posição no campo de tiro. – Eu boto fé nela.

— É fé que vai te ajudar quando você estiver caído em um tiroteio e precisar de alguém para derrubar o inimigo antes da sua morte? – Minn-Erva questionou calorosamente, disparando outra série.

Cada tiro foi certeiro. Como antes, eles teriam se provado fatais caso tivessem seres vivos como alvo.

— Excelente – Att-Lass disse junto com a voz eletrônica que soava pelo alto-falante.

— Disparos: dois. Avaliação dos danos: mortalidade máxima.

— Continue falando. *Você* vai experimentar a mortalidade máxima – Minn-Erva provocou.

— Devidamente anotado – Att-Lass respondeu.

Uma hora mais tarde, Minn-Erva estava saindo do campo de tiro e guardando as armas no depósito. Att-Lass a seguiu para guardar suas pistolas.

— Por que você a critica tanto? – ele perguntou.

— Você sabe muito bem por quê – Minn-Erva devolveu.

— Por quê? Porque ela é a favorita de Yon-Rogg?

— Yon-Rogg não tem favoritos – ela disse, estremecendo com o quão falsa a afirmação soava, até para seus próprios ouvidos.

Ela abriu a porta para o corredor estreito, caminhando pelo túnel mal iluminado que levava a uma solitária porta amarela. Ao se aproximar, a porta se abriu e ela entrou, com Att-Lass logo atrás.

— Térreo – ela disse, e o elevador rapidamente começou a descida desde o sexagésimo oitavo andar do edifício.

— Antes de Vers aparecer, você era a menina de ouro – Att-Lass falou. – Agora que ela está aqui… – Sua voz foi sumindo, mas ela entendeu a sugestão do colega.

– Somos a Starforce – ela afirmou categoricamente. – Estamos aqui para fazer nosso trabalho. Um trabalho que ninguém mais quer fazer. Que ninguém mais *pode* fazer. Eu arriscaria minha vida por qualquer um de vocês. Só queria saber que ela faria a mesma coisa, quando chegasse a hora.

– Ela vai fazer o que deve – Att-Lass disse.

A porta do elevador se abriu para a rua movimentada.

Um dia típico em Hala.

Quando a dupla saiu, os transeuntes notaram seus uniformes e imediatamente abriram passagem para eles.

Eles estão contando conosco para salvá-los. Todos eles.

– É melhor que ela faça – Minn-Erva disse por cima do ombro, abandonando Att-Lass a fim de seguir sozinha.

CAPÍTULO 20

O cômodo era pequeno e mal iluminado, e a ventilação era péssima. A situação não ficava melhor com a presença massiva de Bron-Char. O homem era como uma parede – ou até maior e mais resistente, talvez – e ele sozinho parecia tomar metade da sala azul-escura. O teto era baixo e ele tinha que se curvar para caber ali. Estava parado de pé, impassível, mexendo na barba com a mão direita.

– O que você acha de tudo isso? – Vers perguntou, caminhando pelo chão luminoso.

– Eu acho – Bron-Char disse, lentamente – que você precisa parar de andar de um lado pro outro. Estou ficando tonto só de olhar.

Vers não reagiu e certamente não parou de se mexer.

– Vi Yon-Rogg esta manhã e ele não mencionou nada – ela falou. – Algo estranho está acontecendo.

– Talvez – Bron-Char concordou, de costas para uma das paredes mais inexpressivas. – Estranho pode ser bom. Torna as coisas interessantes.

– Você se lembra da última vez que as coisas ficaram "interessantes"? – Vers perguntou.

A linha estreita que era a boca de Bron-Char se transformou no que parecia um leve sorriso.

– Claro que sim. Mas quem poderia saber que aquilo mordia?

– Bem, eu sabia. Minn-Erva sabia. Att-Lass… Pense bem, *todos* nós sabíamos que a criatura iria morder.

O sorriso no rosto de Bron-Char aumentou um pouco.

– Você gosta de estar certa, não é?

– Gosto de estar viva.

– Vamos nos manter assim – Yon-Rogg disse, entrando na sala.

Ele não parecia estar com pressa, mas sua atitude era profissional. Ao seu lado estava um homem alto igualmente sério, ou até mais sério do que ele próprio. O segundo homem cumprimentou Bron-Char e Vers com acenos curtos, pontuais e exatos, como tudo o que ele fazia.

– Yon-Rogg – Vers disse para o líder da Starforce. – Korath – acrescentou, em reconhecimento ao segundo em comando da equipe.

A porta se fechou atrás dos dois. Yon-Rogg depositou um pequeno tablet na mesa no meio da sala. Sem olhar para cima, perguntou:

– Onde estão Att-Lass e Minn-Erva?

Como se aguardassem a hora certa, a porta deslizou e Minn-Erva entrou, seguida por Att-Lass. A equipe completa da Starforce estava reunida.

– Qual é a situação? – Minn-Erva disse, toda profissional e um pouco mais ousada do que o habitual. Ela olhou para Vers, depois para Yon-Rogg.

Yon-Rogg não reagiu ao tom dela. Só pressionou um dedo na tela do tablet. No ar diretamente acima, apareceu um diagrama holográfico do setor kree no espaço. Planetas ocupados ou sob o domínio kree se destacavam em um tom azul.

– Os kree estão em guerra; isso não é novidade. Estamos em guerra desde antes de qualquer um de nós ter nascido. Desde antes de nossos pais terem nascido.

Yon-Rogg olhou para Vers. Ela o encarou, então sentiu seu rosto corando e desviou o olhar. Ela não sabia nem quem eram seus pais, que dirá onde tinham nascido.

Ele deslizou o dedo e mudou o holograma. Os planetas agora eram verdes brilhantes.

– A guerra contra os skrull está em andamento – Yon-Rogg continuou, gesticulando para os planetas verdes. – Os metamorfos estão ocupando cada vez mais territórios além. Eles são impiedosos. Como resultado, somos forçados a mobilizar mais soldados, mais armas... mais, mais, mais. Esgotando os recursos limitados do Império Kree.

– Então, deixe-me adivinhar – Vers interrompeu. – Vamos fazer um evento beneficente?

– O que é um evento beneficente? – Korath perguntou, sério.

– Eu também gostaria de saber o que é um evento beneficente – Bron-Char acrescentou.

Yon-Rogg continuou como se ninguém tivesse dito nada.

– A fim de deslocar todos os homens e materiais para a guerra contra os skrull, a Inteligência Suprema me informou que existe a possibilidade de acabar com nossos conflitos em curso com os outros no interesse de conservar e concentrar recursos.

– Outros? – Minn-Erva perguntou. – Você não está falando de... Xandar?

– Isso é impossível – Att-Lass disse sem acreditar.

Vers ficou estranhamente em silêncio, sentada na cadeira, aguardando as pessoas se acalmarem e Yon-Rogg prosseguir.

– O conflito em Xandar drena recursos vitais para o combate contra os skrull – ele explicou, quase tentando convencer a si mesmo. – Dessa forma, sim, a possibilidade de um tratado de paz com Xandar foi abordada.

A sala ficou quieta. Os kree estavam em guerra com o planeta Xandar e seus habitantes há séculos, e nenhum dos lados tinha sido capaz de acabar com o conflito. A força militar kree investira inúmeros guerreiros e recursos para ganhar certa vantagem – e agora, com a necessidade de paz no horizonte, tudo isso teria sido em vão.

– Qual é nossa missão? – Vers perguntou, quebrando o silêncio pesado que tinha tomado a sala.

Yon-Rogg deslizou o dedo novamente, trazendo um mundo laranja para o ar.

– Foi ordenado que a Starforce se infiltre em Sy'gyl, onde devemos entrar em contato com um possível desertor xandariano. Nós devemos obter o projeto de uma arma em desenvolvimento pelos xandarianos e trazer o desertor e o projeto conosco – Yon-Rogg explicou.

– Sy'gyl está no espaço xandariano – Minn-Erva disse. – Esse território está ocupado. Estaremos sozinhos.

– Você gosta de ficar sozinha – Yon-Rogg falou. Ela sorriu.

– Se estamos tão perto da paz, por que comprometê-la com essa missão? – Vers perguntou. Minn-Erva a fitou como se ela tivesse feito a pergunta mais óbvia e mais ridícula de todas.

Korath encarou Vers.

– Se a paz realmente se estabelecer entre nossos mundos, devemos garantir que os kree mantenham uma posição de poder – ele falou, confiante.

Yon-Rogg concordou.

– A arma xandariana nos coloca nessa posição – acrescentou. – Os kree nunca serão subservientes a Xandar.

Vers assentiu, sem convicção. Não seria possível usar a Starforce em outro lugar, como contra os skrull, se todo o objetivo de acabar com a guerra em Xandar era focar nos inimigos metamorfos? Havia algo estranho nessa missão, e Vers não conseguia entender o quê.

– Partimos em uma hora. Nos encontramos no hangar às onze horas – Yon-Rogg avisou, pegando o tablet e saindo da sala. Korath olhou para cada um deles e, com um aceno, o seguiu.

CAPÍTULO 21

– O que está incomodando você? – Minn-Erva perguntou para Vers quando a reunião terminou.

– Por que algo deveria estar me incomodando? – Vers respondeu. Depois, se levantou, recostou a cadeira à mesa e seguiu para a porta, passando pela colega. Sentia a forte antipatia da guerreira por ela, e com o tempo o sentimento foi se tornando mútuo.

– É só o que parece. Não que eu me importe – Minn-Erva disse, fazendo um gesto com a mão como se dispensasse a pergunta de Vers.

Ela se virou e observou Minn-Erva.

– Então por que pergunta?

Minn-Erva ficou encarando-a por um segundo, em seguida mordeu o lábio inferior. Olhou diretamente nos olhos de Vers e disse abruptamente:

– Só estou me perguntando quando é que você vai vacilar.

Então é isso.

– Continue esperando – Vers disparou por cima do ombro, em direção à porta. – Não vai acontecer.

– Vers é uma de nós agora – Att-Lass interrompeu. – Ela é tão parte da Starforce quanto eu e você ou Bron-Char.

Bron-Char assentiu em concordância, balançando a cabeça volumosa para cima e para baixo.

– Sim, ela é uma de nós – Minn-Erva falou. – É melhor ela se lembrar disso quando for a hora de fazer escolhas difíceis.

O que diabos ela queria dizer com isso?

Vers começou a sentir um calor de irritação, então se lembrou do que Yon-Rogg vivia dizendo nos treinos.

Concentre-se.

Cair na provocação de Minn-Erva não a ajudaria em nada, muito menos o time, em especial já que estavam prestes a partir em uma missão nova e potencialmente perigosa.

– Você definitivamente leva jeito com pessoas, hein – Vers ouviu Bron-Char falando para Minn-Erva quando a porta se fechou atrás de si.

Vers caminhava pelo corredor revirando as palavras obscuras de Minn-Erva na cabeça. Era verdade que ela não estava na Starforce há tanto tempo. Com certeza não tanto tempo quanto os demais. Mas ela fazia sua parte, e sabia disso. Então por que Minn-Erva estava sempre tentando desmerecê-la? Por que ela sempre assumia que Vers era o "ponto fraco" que não daria conta do trabalho quando chegasse a hora?

Essa garota tem um recalque do tamanho do Bron-Char.

Vers afastou a irritação por causa de Minn-Erva e focou na missão iminente. Havia algo ali que não estava certo. Ela sabia que o conflito com os xandarianos era o problema que consumia os kree há séculos. Mas, desde que a Guerra Skrull tinha começado, ficou claro que Xandar era o menor de seus males.

O inimigo de meu inimigo seria meu amigo?

A promessa de paz duradoura entre Kree e Xandar teria gigantescas implicações para os esforços contra os skrull, não havia dúvida. Mas algo no plano de ganhar vantagem sobre Xandar às onze horas, logo antes da assinatura de um tratado de paz, deixava Vers desconfortável. Pelo que sabia, os xandarianos sempre se mostraram criaturas dignas. Na verdade, faltava a eles o espírito guerreiro kree, a convicção de que estavam sempre certos.

Talvez isso seja uma coisa boa.

Vers já estava no fim do corredor quando ouviu uma voz chamando-a.

— Não deixe Minn-Erva te pegar.

Att-Lass.

— Ela não me pegou — Vers suspirou, virando-se para encarar o colega guerreiro. — Estou acostumada. Não estamos todos acostumados com isso a essa altura?

Att-Lass sorriu.

— Sabe como é. Você é a última recruta do time. Leva um tempo pra que ela confie em alguém. Quero dizer, olhe pra mim. Ela não confiava em mim até…

— Ela ainda não confia em você — Vers o cortou no momento em que a porta amarela se abriu à sua frente.

Ela entrou e Att-Lass a seguiu.

— Talvez ela não confie em ninguém exceto Yon-Rogg — Att-Lass admitiu. — Antes de você chegar…

— Sim, eu sei. Ela era o bichinho de estimação dele.

Att-Lass ficou encarando Vers enquanto a porta se fechava e o elevador começava a descer.

— Ok, não sei o que significa, mas acho que não é algo legal.

Como ele não sabia o que significava ser o bicho de estimação de alguém? Todo o mundo sabe o que significa, não é? Todos dizemos isso por aqui… ou não?

Vers deu risada.

— Só significa que ela era a favorita de Yon-Rogg.

Os olhos de Att-Lass brilharam de reconhecimento e compreensão.

– Sim, bem, certamente isso é verdade. Mas acho que Yon--Rogg entende que adição valiosa suas… habilidades são para a equipe, e que o treino extra exigido para utilizar essas habilidades corretamente vale a pena.

– Você pensou bastante sobre o assunto, não é?

– Eu me importo com as pessoas da minha equipe – Att-Lass disse.

O elevador chegou ao térreo e as portas amarelas se abriram. Vers deu um aceno com a cabeça e saiu, com o colega logo atrás.

✦

Vers apareceu no hangar vestida com o uniforme de combate. Ele tinha sido desenhado para acomodar uma grande amplitude de movimentos, assim como suas… habilidades particulares. Foi recebida por algo incomum. Em vez do Helion, a nave normalmente usada nas missões da Starforce, ali estava um cargueiro maltratado com marcas xandarianas.

– Não me diga que essa é a nossa carona – Vers soltou antes que pudesse evitar.

Eu disse isso em voz alta?

Yon-Rogg estava observando a transferência de munição para o compartimento de carga, então olhou para ela e falou:

– Há algo errado com a nave?

Vers sacudiu a cabeça.

– Não. Só não estou acostumada a viajar anonimamente. Nem a usar subterfúgios.

– Não podemos arriscar sermos reconhecidos – Yon-Rogg replicou enquanto os outros membros da Starforce se reuniam, todos de uniforme de combate completo. – Estamos indo para o espaço xandariano. Se formos identificados, a missão vai terminar antes mesmo de começar. Ao menos assim temos uma chance.

Assentindo com a cabeça, Vers viu uma mulher que ela não conhecia entrando na cabine. Ela era baixa, de cabelo preto bem curto.

– Quem é?

– Pilota – Minn-Erva respondeu. – Alguém que conhece o território.

– Xandariana? – Vers perguntou.

– Ela é kree – Korath esclareceu, olhando Vers bem nos olhos. Então fitou Minn-Erva e Att-Lass com a mesma expressão absolutamente séria. – É Sun-Val, e ela tem nossa total confiança. Vocês devem tratá-la como se fosse parte da Starforce.

– Sim, senhor – Vers falou, batendo continência.

Korath inclinou um pouco a cabeça, observando-a, e disse:

– Você me confunde.

CAPÍTULO 22

– Você está… me… machucando…

Em Sy'gyl, Vers apertava a garganta de seu agressor com tanta força que estava surpresa por ele não ter perdido os sentidos ainda. Ela estava cortando seu suprimento de oxigênio, praticamente esmagando a traqueia. Como ele era capaz de emitir palavras era um mistério.

Esse cara é um lutador.

Ela puxou o braço para dentro, trazendo o homem de uniforme da Tropa Nova para perto. Ele se sacudia contra o aperto de Vers, e seu cabelo castanho e cacheado balançava sem controle junto ao restante do corpo.

– Você está… sangrando – ele conseguiu articular, com a voz parecendo uma lixa.

– Você também vai, se não calar a boca – Vers disse, apertando mais ainda. O homem arfou.

– Não estou aqui… para… te machucar.

– Você não está em posição de machucar ninguém. Nunca mais.

– Posso… te tirar… daqui… viva.

Do que ele está falando?

– Você não estava atirando em mim agora há pouco? – Vers perguntou.

O homem fez que não – ou ao menos tentou, com a mão de Vers em sua garganta.

Estou prestes a fazer algo bem idiota.

Vers soltou um pouco a mão, e o homem desabou no chão. Ele levou as duas mãos à garganta, ofegante.

– Você é... forte – ele cuspiu, sem ar.

– Nome e posição – Vers devolveu, ignorando completamente seu comentário.

– Rhomann Dey, Tropa Nova. Posição... – Ele tossiu. – Enfermeiro – completou. – Estou aqui para te ajudar.

– Está aqui pra quê? – Vers disse, incrédula. – Não estamos em guerra ou algo assim?

Dey assentiu, esfregando a garganta.

– É claro que estamos.

– Você e seus amiguinhos da Tropa Nova não estavam atirando em mim agora mesmo? Um de vocês não acabou de acertar minha perna?

Dey balançou a cabeça.

– Não, eles não são meus amiguinhos. E não são xandarianos.

– Agora fiquei confusa – Vers disse. – Se não são xandarianos, por que estão tentando me matar? E se *você* é xandariano, por que está tentando me ajudar?

– Acho que devo começar do começo – ele falou.

– Acho que sim.

Vers sentiu uma onda de náusea tomar conta dela conforme sua perna latejava. Seu pé já estava dormente; tinha tentado mexer os dedos, mas não conseguiu senti-los. Provavelmente não era um bom sinal.

Além disso, o comunicador estava mudo já fazia quase meia hora. Ela não falava com a Starforce desde aquela última interferência. A dor na perna não passava. Ficou remoendo a cena na cabeça:

– *Deixe ela!*

– *Não vamos deixar...*

— ... *não é uma opção.*

— ... *comprometeu tudo!*

— ... *não confie...*

De quem estavam falando? De mim? Eles pensam que sou uma espécie de traidora?

— Você está bem?

A voz de Rhomann Dey cortou os pensamentos de Vers. Por um momento, ela esqueceu quem era ou com quem estava. *Nada bom.*

— Não, não estou bem — Vers soltou. — Estou sangrando. Comece a falar, antes que eu decida sangrar em você.

— Que nojo — Dey comentou, rindo e então estremecendo ante a dor que o movimento causou em sua garganta machucada. — Veja, sei que não vai acreditar em mim, mas realmente estou aqui pra ajudar. Presumo que esteja aqui em uma missão que seu próprio governo iria negar se você fosse capturada?

Vers não respondeu, encarando-o com um olhar duro.

— Vou tomar sua resposta impressionante como um sim. Estou no mesmo tipo de missão. A diferença é que você está aqui para roubar algo. E eu estou aqui para garantir que você roube.

Agora é que não está fazendo o menor sentido mesmo.

— Repete — Vers ordenou.

— Você está aqui para pegar os projetos do canhão axioma — Dey disse. — Não precisa falar nada, sei que é por isso que está aqui. E sei que você já está com os projetos.

E como é que ele sabe disso?

— Existem elementos no meu governo que acreditam que podemos forçar a paz sobre os kree através da utilização dessa nova arma — Dey continuou. — Eram as pessoas que estavam atirando em você e esfaqueando sua perna.

— E qual parte do governo você representa? — Vers questionou, esfregando a perna.

– Estou aqui sob ordens diretas da Nova Prime. Ela acredita que, se os dois lados possuírem a mesma tecnologia, o equilíbrio será alcançado e poderemos ter paz. Ela quer que os kree obtenham esses projetos.

– Então por que ela só não os entrega a nós? – Vers perguntou.

– Ela não é maioria. Mas está certa. O canhão axioma é uma arma poderosa demais para estar nas mãos de qualquer entidade. Sua existência sozinha perturba o equilíbrio do poder. E a tentação que um lado a use contra o outro, sabendo que nunca poderia ser retaliado, é muito grande.

Vers ponderou as palavras de Dey, em silêncio. Finalmente, falou:

– Então você vai me ajudar a sair daqui, mesmo que signifique lutar contra seu próprio lado?

Dey assentiu.

– Uau. Sua missão é pior do que a minha.

CAPÍTULO 23

A viagem pela atmosfera superior não foi nada agradável. O cargueiro xandariano claramente já tinha visto dias melhores – estava velho, barulhento e não era nem um pouco confiável. Sun-Val estava nos controles, fazendo seu melhor para colocar a nave na linha e transportar a tripulação com segurança rumo ao espaço sideral.

– Que bela nave você escolheu, hein – Sun-Val gritou por cima do som dos motores.

Para aumentar ao máximo a velocidade de voo do cargueiro, ele foi esvaziado. Qualquer coisa que não fosse absolutamente necessária para ir do ponto A ao ponto B mantendo todos ali dentro vivos foi considerada inútil. Isso incluía todos os confortos habituais, como compartimento de carga, estofamento, isolantes e até assentos – a exceção eram as armas. Isso tornou a nave de fato mais leve e, portanto, mais rápida, mas também transformou a viagem ali dentro em uma experiência excessivamente barulhenta e desconfortável.

Sem os assentos, os membros da Starforce tiveram que ficar amarrados nas laterais do cargueiro. Toda vez que a nave encontrava uma bolsa de ar escapando da atmosfera do mundo natal dos kree, ou que experimentava o fluxo de plasma quente batendo contra o escudo térmico, a tripulação sentia.

Yon-Rogg se virou à procura de fitar a cabine e Sun-Val.

– Eu não escolhi. Foi tudo Korath! – ele gritou de volta.

Em resposta, Korath berrou, na defensiva:

– Foi tudo o que conseguimos com tão pouco tempo! Esse tinha as marcas certas, o registro apropriado… Os xandarianos nunca vão desconfiar. Não é minha culpa se não ficou confortável. A Starforce não é pra ser confortável!

Vers observou Yon-Rogg e notou que seu comandante tinha o que parecia ser o menor indício de sorrisinho no rosto.

Ele está brincando com Korath. Que lindo.

– Você fez bem, Korath – Yon-Rogg disse. – Eu só estava… Vers, como você diria?

– Ele está pegando no seu pé – Vers gritou. Ela nunca tinha entendido de onde vinham todas essas expressões que, de alguma forma, escapavam a seus companheiros. Talvez só tivesse os pés fincados na realidade, e eles não.

Korath olhou para ela e inclinou a cabeça para ouvir melhor.

– O quê? – berrou mais alto.

De repente, os motores da nave pararam. Uma fração de segundo atrás, estava tão barulhento, e então se tornou o exato oposto.

– Eu disse que ele está pegando no seu pé – Vers repetiu. Sua voz pareceu exageradamente alta no súbito silêncio que se fez, mesmo que estivesse quase sussurrando.

– Oh – Korath disse, sem entender a expressão.

– O que você achou que eu disse? – Vers perguntou.

Korath franziu as sobrancelhas.

– Pareceu "Ele gosta de pé de skrull".

– E o que significa *isso*? – Bron-Char questionou. – Por que alguém diria algo assim?

Korath encolheu os ombros.

– Não sei. Por isso não perguntei.

E eles acham que eu sou dispersa.

Com o cargueiro na velocidade de cruzeiro, os membros da Starforce soltaram os cintos, libertando-se das paredes do compartimento de carga da nave e separando-se em busca de supervisionar tarefas diversas.

Att-Lass se juntou a Minn-Erva no armário de armas a fim de verificar o material necessário para a missão de Sy'gyl. Havia rifles de precisão – a especialidade de Minn-Erva. Havia uma variedade de pistolas, suas favoritas. Também havia muitas armas de ponta, como espadas, facas e lâminas de todas as formas e tamanhos.

Bron-Char examinou as armas e soltou uma risada seca.

– Boa sorte com essas – trovejou.

Minn-Erva lançou para Att-Lass um olhar que dizia "Lá vem ele" e revirou os olhos. Ele sorriu.

– Só estou falando que talvez elas sejam ótimas pra vocês, mas isso… – Bron-Char disse, mostrando os punhos enormes. – É tudo de que eu preciso.

– É ótimo ser você – Minn-Erva devolveu, fria.

No canto, Yon-Rogg falava com Korath. Vers estava se juntando a eles quando Sun-Val apareceu, vindo da cabine.

– Creio que teremos uma navegação suave daqui em diante – ela anunciou, esfregando as mãos uma na outra como se as limpasse. – A não ser que a Tropa Nova apareça e descubra que não somos quem dizemos ser.

– O poder do pensamento positivo – Vers disse.

– Você é a novata, certo? – Sun-Val perguntou, virando-se para ela com uma sobrancelha levantada.

Vers deu risada.

– Como é que essa é a primeira vez que vejo você, e *eu* é que sou a novata? – perguntou, meio séria.

– Yon-Rogg me falou sobre você. Disse que é poderosa.

– É, bem, espero que sim – Vers respondeu. – Acho que vamos descobrir nesta missão.

– É só pegar e correr – Sun-Val disse. – Já participei de várias dessas antes. Não se preocupe comigo, estarei aqui para você e para a equipe quando terminarem. Você só tem que se concentrar na tarefa.

Concentrar-se. Parece que alguém andou conversando com Yon-Rogg.

– Qual é a sua história? – Vers perguntou, verificando o comunicador do uniforme dela.

– Não tenho muito o que contar. Sou só uma pilota kree comum com disponibilidade para voar em qualquer missão... Sem mais perguntas – Sun-Val falou, erguendo uma sobrancelha.

Percebi.

– Vers, venha aqui – Yon-Rogg chamou do outro lado da nave.

Vers sentiu uma pontada de alívio. A conversa com Sun-Val tinha tomado um rumo estranho – Vers estava sentindo uma vibração esquisita nela, e isso a deixou desconfortável.

– Bom, foi ótimo falar com você – Vers disse, batendo em retirada rapidamente. Sentiu o olhar de Sun-Val em suas costas quando ela se dirigiu para seus superiores, e teve que reprimir um tremor involuntário.

CAPÍTULO 24

– É com isso que estou preocupado. Esses postos avançados. Ali e ali – Yon-Rogg disse, apontando para duas áreas diferentes no mapa holográfico que pairava no ar na frente dele.

– Para o que estamos olhando? – Vers perguntou, sacudindo um dedo no mapa.

– Sy'gyl – Korath falou friamente. – Este é o local onde precisamos nos infiltrar. Mais especificamente, *você* precisa se infiltrar.

Assim que as palavras saíram de seus lábios, Yon-Rogg soube o que viria.

Ela vai questionar, pensou.

Vers olhou para Korath, então para Yon-Rogg.

– Eu? Mas pensei...

E lá vamos nós.

– O que você pensou? – Korath interrompeu. Seu tom indicava irritação.

– Bem, só pensei que Att-Lass fosse nosso especialista em camuflagem – Vers continuou. – Se alguém tem as habilidades necessárias para se infiltrar, é ele. Não faria mais sentido enviá-lo? Minhas habilidades são um pouco... barulhentas.

Korath expirou profundamente, como se Vers fosse uma criança malcriada testando sua paciência, e olhou para

Yon-Rogg. O comandante da Starforce se virou para Vers, aproximando-se dela.

— Entáo sugiro que pratique o silêncio – disse.

A ordem lhe soou… definitiva.

— Náo entendo – Vers tentou novamente. – É isso. Vou fazer minha parte sem questionar nada, mas…

— Entáo por que está questionando? – Korath perguntou.

— Bem, você acabou de me fazer uma pergunta – Vers respondeu.

— Posso fazer todas as perguntas que quiser, sou o segundo em comando – Korath devolveu.

Havia uma parte em Yon-Rogg que de fato se comprazia com a forma como Vers cutucava Korath com apenas algumas palavras. Mas, como comandante da missáo, ele náo podia demonstrar.

Yon-Rogg suspirou.

— Por que náo se junta aos outros para verificar as armas? – murmurou para Korath. Náo era uma sugestáo. Korath assentiu secamente, lançou a Vers um olhar irritado e se dirigiu para o armário de armas.

Agora ela vai perguntar se está encrencada.

— Estou encrencada? Sinto que estou encrencada.

— Você tem muito o que aprender sobre seguir ordens – Yon-Rogg deliberou. – Mas náo, náo está encrencada. Náo queria dizer isso na frente de Korath ou dos outros, se é que importa. Mas a decisáo de você se infiltrar na base de Sy'gyl vem do nível mais alto.

— Como assim? Quáo alto? – Vers perguntou. – Você quer dizer… da Inteligência Suprema?

A Inteligência Suprema era a liderança máxima do Império Kree. Ela reunia o vasto conhecimento secular dos maiores intelectos kree. Suas decisóes podiam ser misteriosas, mas náo deveriam ser questionadas. A Inteligência Suprema sempre agia em função dos interesses do Império Kree. Vers sabia disso. Sugerir que ela não sabia o que estava fazendo era uma heresia da mais alta ordem.

Yon-Rogg a desarmou com um olhar.

– O. Mais. Alto. Nível.

– Entendido – Vers disse.

Sensações de sua conversa estranha com Sun-Val perturbavam a cabeça de Vers enquanto ela considerava as implicações do que estava ouvindo. A Inteligência Suprema exigia que Vers assumisse uma missão sozinha?

– Gostaria que você tivesse tido mais tempo para praticar suas... habilidades – Yon-Rogg ponderou. – Você é mais poderosa do que pensa.

Vers sorriu.

– Não, eu sei que sou poderosa.

Yon-Rogg pareceu exasperado, mas também era como se estivesse tentando conter um sorriso.

– Talvez você consiga. Agora preste muita atenção...

– O que você e Yon-Rogg estavam discutindo? – Minn-Erva perguntou quando Vers voltou.

Vers se inclinou para verificar uma espingarda.

– Reconhecimento do terreno. Ele quer falar com você em seguida – informou Vers.

A colega estava de costas para ela e seu tom era casual, mas Minn-Erva sabia que ela estava escondendo alguma coisa.

Então agarrou o ombro de Vers e a virou para si.

– Ele não repassa o plano individualmente – pressionou. – Somos um time. O que um sabe, todos devem saber.

– Tenho certeza de que ele tem seus motivos para agir desse jeito – Bron-Char interveio. Sua voz grossa e ressonante ricocheteou pelas paredes do cargueiro.

– É claro que ele tem – Att-Lass acrescentou. – Esta é uma missão sigilosa de verdade. É óbvio que ele tem objetivos diferentes para cada um de nós.

Não gosto disso. Vers está escondendo algo de nós.

– Já volto – Minn-Erva disse, encerrando a discussão. Colocou a espingarda de volta no armário e a prendeu no lugar. – Quem tocar nela, morre. – Então seguiu em direção a Yon-Rogg, que a esperava.

– O que está acontecendo, Yon-Rogg? – perguntou abruptamente. *O que você contou a Vers?*

Yon-Rogg sustentou o olhar de Minn-Erva, impassível.

– Quando desembarcarmos em Sy'gyl, precisaremos de você para dar cobertura aos outros. Todos vão se espalhar e assumir suas tarefas. Você ficará encarregada de manter qualquer potencial inimigo longe.

Minn-Erva fez que sim com a cabeça, assentindo bruscamente.

– É o que eu faço – disse baixinho. – O que Vers vai fazer?

– Enquanto você nos dá cobertura e o resto abre caminho, Vers vai se infiltrar no posto avançado, obter os planos e voltar para o cargueiro.

– Essa tarefa não é mais adequada às habilidades de Att-Lass? – Minn-Erva perguntou incisivamente.

Yon-Rogg não disse nada, mas lhe lançou um olhar que dizia "Não me provoque".

Tudo bem. Não vou provocar. Mas vou ficar de olho em Vers. A cada passo desta missão.

CAPÍTULO 25

– Você consegue andar? – Dey perguntou a Vers na superfície de Sy'gyl.

– É claro que consigo andar – Vers retrucou na defensiva, tentando se levantar. Mas seu corpo boicotou suas intenções. O mundo de repente virou de ponta-cabeça, e Vers sentiu seu estômago onde deveria estar sua cabeça, e vice-versa. Ela cambaleou, apoiou-se na parede de pedra e esperou. – Talvez não neste instante.

– Temos que nos mexer. Os outros estarão aqui logo. E não serão gentis como eu – Dey falou. Fez um gesto para Vers, oferecendo-se como apoio para que ela pudesse ficar de pé.

Ela o afastou. Fazendo uma careta, dessa vez conseguiu se levantar e se manter ereta.

– Eu sou kree – anunciou, começando a andar. – Não preciso da sua ajuda.

– Bom, você meio que precisa, se quiser sair daqui.

– Ah, é? – ela ironizou.

– Está pisando em um campo minado, por exemplo.

Vers parou no meio do caminho e se virou a fim de olhar para Dey. Ela havia dado apenas alguns passos no chão repleto de escombros. Mas ainda assim.

– Você podia ter falado algo antes – Vers o repreendeu.

— Como se você tivesse me avisado — Dey disse. — Só volte, refazendo os passos. Digo, pise onde você pisou...

— Obrigada, já entendi — Vers falou, irritada. Deu um passo de cada vez, fazendo seu melhor para seguir as pegadas que deixara no chão. Vários segundos e inspirações profundas depois, estava de volta na posição inicial. — Como sabia que essa área tem minas?

— Fui eu quem as colocou — Dey explicou, apontando para a direção oposta. — Vamos por aqui.

— O comunicador está quebrado. Não dá pra ouvir nada — Minn-Erva disse, atirando-o no chão em sinal de frustração.

Ela, Att-Lass e Korath tinham conseguido voltar para o cargueiro sem nenhum incidente. Faltavam Yon-Rogg, Bron-Char e Vers.

Vers. O que diabos ela está aprontando?

Já fazia uma hora, talvez um pouco menos, que ela havia perdido contato com Vers. Era para ser simples. Fácil. Pegar e correr. E tinha se transformado em tudo, menos isso.

— Estou te falando, a missão está comprometida — Minn-Erva insistiu. — Ela deveria estar aqui agora, com os projetos. Ou eles a pegaram, ou ela é um deles.

— Está tentando me dizer que Vers está trabalhando para Xandar? — Att-Lass disse, sem acreditar. — Você realmente acha isso?

— Depois de tudo o que aconteceu, não sei o que pensar — Minn-Erva respondeu.

— É melhor um de vocês entrar e preparar a nave — Korath disse, impassível.

— E Yon-Rogg e Bron-Char? — Att-Lass perguntou.

— Na última comunicação, eles disseram que nos encontrariam às catorze horas. Eles vão aparecer — Korath falou. — Ou aparecem, ou não.

– Está dizendo que devemos partir sem eles? Sem Vers? – Att-Lass protestou.

– Vers, quem sabe? Yon-Rogg e Bron-Char estarão aqui. Estou dizendo que somos a Starforce e vamos seguir as ordens. Ao. Pé. Da. Letra – Korath determinou, ditando as regras.

– Vou lá dentro preparar a nave – Minn-Erva anunciou. – Algo está me dizendo que vamos ter que sair daqui correndo.

A perna agora incomodava muito mais do que antes. Vers mordeu a bochecha interna tão forte que sentiu gosto de ferro. Sangue.

Quanto sangue será que já perdi?

– Onde é seu ponto de resgate? – Dey perguntou. Eles tinham conseguido sair da fundação bombardeada e estavam em um bosque próximo.

Vers parou de andar por um momento, se abaixou e colocou as mãos nos joelhos. Respirou fundo, depois olhou em volta.

– Cerca de três quilômetros naquela direção – ela disse, apontando para o nordeste. – Pegar ou largar.

– Acho que vamos ter que cuidar dessa perna antes de continuar, senão você não vai conseguir – Dey observou.

– Você é médico?

– Não.

– Então não vai chegar perto dessa perna.

– Eu *sou* treinado em medicina de combate. Se me deixar olhar, posso pelo menos fazer o sangramento parar. Sabe, pra você não desmaiar. Ou morrer.

Desmaiar ou morrer. Ruim ou pior. Essas opções são uma merda.

Apesar de seus instintos, Vers sentou-se na grama esparsa. Foi bom aliviar o peso da perna machucada. Ela apoiou as costas em uma árvore e respirou aliviada, sentindo-se melhor.

– Suponho que, se você fosse me matar, já teria me matado a essa altura.

– Vou tomar isso como um "Sim, Rhomann Dey, por favor, dê uma olhada na minha perna e veja se consegue fazer algo por ela".

– É, claro, que seja – Vers murmurou, fechando os olhos. – Sim, Rhomann Dey, por favor...

Mas, antes que pudesse terminar a frase, tudo ficou preto, levando-a de volta para a jornada que trouxera a Starforce para Sy'gyl, em primeiro lugar.

CAPÍTULO 26

— Preparem-se! Será uma viagem turbulenta — Vers gritou.

Korath olhou para ela.

— É claro que vai ser turbulenta — ele disse, como se não pudesse acreditar que ela havia falado algo tão óbvio. — Estamos sob ataque!

Apenas uns segundos antes, o cargueiro seguia para a fronteira do espaço xandariano. Até ali, tudo bem. Não houvera incidentes. Tinham feito contato casual com pelo menos uma nave da Tropa Nova. Identificações foram trocadas, números de registro anotados.

Sem problemas.

Até aquele momento, quando começaram a ser atacados por uma força inimiga.

Minn-Erva virou a cabeça para avistar a cabine.

— Espero que ela seja tão boa quanto Yon-Rogg diz — Minn-Erva murmurou, alto o suficiente para que Yon-Rogg ouvisse. O líder da Starforce lhe lançou um olhar.

Bom. Era para você ouvir isso.

Sun-Val estava nos controles, e mesmo do compartimento de carga, acima do barulho dos motores trabalhando e chorando, Minn-Erva podia ouvi-la gritando e xingando em seu esforço para superar a ameaça. O cargueiro não era nenhuma nave de guerra elegante. Não tinha sido projetado para brigar, levar uma surra ou dar porrada.

— Ei! Ali estão eles!

— O que é aquilo? — Yon-Rogg gritou, tentando ser ouvido em meio à barulheira onipresente.

Sun-Val esticou o pescoço e falou para o compartimento de carga, com os olhos voltados para a frente:

— São nossos! Caças kree! Acham que somos xandarianos!

Minn-Erva zombou.

— É claro que sim. A nave é xandariana. Podemos contar quem somos, e os xandarianos vão interceptar a conversa e a missão estará encerrada antes de começar.

— O que fazemos? — Att-Lass perguntou.

— Atacamos — Vers disse. Todos os olhos se voltaram para ela.

— O quê? — Minn-Erva latiu.

— Ela está certa — Yon-Rogg intercedeu, surpreendendo a todos. — Se não atacarmos de volta, vamos levantar suspeitas dos dois lados. É o único jeito de passar por isso ilesos. Sun-Val!

— Entendido, chefe! O que devo fazer? — a pilota gritou.

— Atire! Com todas as armas! — Yon-Rogg ordenou.

Houve uma breve pausa, então todos ouviram Sun-Val dizer:

— Bem, esta sucata só tem uma arma, mas vamos em frente.

O cargueiro balançou um pouco quando Sun-Val ativou o canhão solitário. A explosão quase partiu a pequena nave com as faíscas que choveram dos cabos que cruzavam o teto. Um dos painéis ao lado de Bron-Char estourou, e por pouco a placa de metal não acertou a enorme cabeça do guerreiro.

— Atacamos ou fomos atacados? — Vers perguntou.

— Boa pergunta — Minn-Erva reconheceu de má vontade. *Não acredito que a gente concordou com algo de verdade.*

— Quero dizer que fomos nós atacando — Att-Lass disse.

— Também acho que fomos nós — Bron-Char acrescentou.

— O que foi isso? — Yon-Rogg berrou da cabine.

Sun-Val puxou os controles, levando o pesado cargueiro para a esquerda. A nave inteira balançou ameaçadoramente quando outro painel de metal se desprendeu perto de Att-Lass e começou a pegar fogo.

– Isso fomos nós sendo atacados. Antes? Nós atacando – ela falou.

– Quanto falta para entrarmos no espaço ocupado pelos xandarianos? – Korath perguntou, tenso.

– Não muito agora – Sun-Val disse. – Cerca de um minuto!

Talvez a gente não sobreviva a um minuto.

Minn-Erva sentiu a nave balançar, dessa vez para a direita. Seu corpo foi jogado contra o cinto, que a segurou nos ombros e peito.

– Quase lá! – Sun-Val berrou da cabine. – Chegando!

A próxima explosão rasgou o cargueiro, levando uma parte do casco consigo. Um buraco se abriu, expondo o comparti-mento de carga ao frio vazio do espaço além. Os efeitos da des-compressão foram sentidos de imediato, conforme a atmosfera dentro da nave era sugada pelo vácuo do exterior.

– Deixa comigo!

Alguém teria que alcançar o escudo para fechar o buraco antes de a equipe morrer asfixiada ou ser sugada para o espaço. Minn-Erva lutou com seu cinto. O cargueiro se balançava de um lado para o outro e começou a girar, tornando quase im-possível soltar o cinto de segurança.

Abaixando a cabeça, Minn-Erva viu Vers se soltando e ba-tendo contra o teto que, agora, era o chão. Empurrando-se em meio aos cabos elétricos que cruzavam o teto, Vers foi até o buraco e esmurrou o botão do escudo.

De repente, um brilho de energia de tons esverdeados sur-giu, cobrindo o buraco no casco do cargueiro. O espaço ainda era visível, mas o escudo impediria que o ar da nave escapasse para o vazio.

Minn-Erva se jogou contra a parede, desistindo de lutar contra seu cinto. Não havia mais necessidade.

Ela conseguiu.

— Estamos salvos! — Sun-Val gritou. Finalmente, a pilota tinha conseguido controlar o cargueiro. Sem os ataques da nave kree, ela diminuiu a velocidade e endireitou o cargueiro.

— Estamos no espaço xandariano? — Bron-Char indagou.

— Afirmativo — Sun-Val respondeu.

— Então estamos no caminho — Yon-Rogg disse. — Bom trabalho, Vers — falou. Vers encolheu os ombros.

Minn-Erva os observou, dividida entre ciúme, alívio e admiração. Seria possível ter julgado mal Vers, apesar de tudo?

CAPÍTULO 27

– Entramos em órbita.

Vers olhou para fora da cabine, para Sy'gyl logo abaixo. O planeta parecia gelado, nem um pouco como o mundo Kree. Ou como Xandar.

– Bem-vindos a Sy'gyl – Sun-Val anunciou, como se fosse algum tipo de guia turística interestelar, e não a pilota do que era essencialmente uma missão secreta e suicida. – A temperatura na superfície está em cerca de trinta e dois a quarenta e oito graus. Ótima e quente, para quem gosta disso. O núcleo é instável, resultando em terremotos ocasionais, erupções vulcânicas e assim por diante.

– Parece um ótimo lugar para tirar férias – Vers murmurou.

– O que é férias? – Korath perguntou.

– Exatamente – Vers brincou. Korath lhe lançou um olhar intrigado, como sempre.

– Tudo bem. Dois minutos até sairmos de órbita e adentrarmos a atmosfera de Sy'gyl – Yon-Rogg disse, preparando sua equipe. – Quando pousarmos, precisamos correr. Não teremos tempo. Todos sabem a sua parte.

– O que faremos se encontrarmos resistência xandariana? – Vers perguntou.

– Não encontre – Yon-Rogg respondeu.

– O que você quer dizer com "Não encontre"? – Minn-Erva questionou. – É claro que vai haver resistência! Você quis dizer pra não levarmos um tiro? Não nos defendermos?

– Ela tem um argumento – Att-Lass disse.

– Óbvio que eu tenho – Minn-Erva devolveu.

Vers assentiu, concordando.

– Yon-Rogg, entendo a natureza da missão, mas...

– Para o Império Kree, não estamos aqui. Para o governo xandariano, não estamos aqui. Não estamos aqui – Yon-Rogg explicou. – Isso significa que precisamos ser invisíveis. Não deixem marcas. Pistas. Nenhuma indicação de que a Starforce pisou em Sy'gyl.

Talvez nos contar antes tivesse sido uma boa ideia.

– Entenderam? – Obviamente não era uma pergunta, mas uma ordem.

Como sempre, a Starforce respondeu, quase em uníssono:

– Sim, senhor.

A curta viagem da órbita até a superfície de Sy'gyl foi exatamente como Yon-Rogg gostava: tediosa e sem intercorrências. O cargueiro pousou no ponto predeterminado, nos arredores de uma região montanhosa que era, para todos os efeitos e propósitos, despovoada.

Exceto por uma estrutura semelhante a uma fortaleza localizada numa cratera no meio da cordilheira de Nar'dath.

É para onde estamos indo. Para onde ela está indo. Yon-Rogg pensou. *Não sei qual é o objetivo da Inteligência Suprema em enviar o membro mais poderoso da Starforce para invadir como se fosse uma ladra, mas não vou questionar.*

Quando o cargueiro pousou, Yon-Rogg desafivelou o cinto e foi até a escotilha da nave. Virou-se e olhou para os membros da Starforce, também livres dos cintos, encarando seu líder.

— Só Minn-Erva vai levar arma — Yon-Rogg disse. — Ela dará cobertura para todos. Deixem suas armas aqui.

Minn-Erva, parada próximo ao armário, pegou o rifle. Verificou a câmara para se certificar de que estava carregado, então removeu uma bandoleira cheia de balas e a jogou por sobre o ombro esquerdo.

— Minn-Erva — Yon-Rogg orientou, encarando sua melhor atiradora. — Você vai nos dar cobertura enquanto nos aproximamos do local. Só atire se for necessário. Os outros devem garantir que não seja necessário.

— Qual é minha tarefa, chefe? — Sun-Val perguntou da cabine, enfiando a cabeça no compartimento de carga.

— Você fica aqui na nave. A qualquer sinal de problema, parta.

— E vocês?

— Vamos nos virar — Vers respondeu, quase lendo a mente de Yon-Rogg. Ele soltou um resmungo em aprovação e se virou para conduzir a equipe para fora.

Vamos nos virar. É o que fazemos.

— Este lugar é quente. Quente demais, quente de verdade — Att-Lass comentou, caminhando pelo pedregoso solo sy'gylliano.

Fissuras na superfície do planeta liberavam gás quente de tempos em tempos, preenchendo os narizes de todos com o cheiro de metano e enxofre — e quem saberia o que mais. Chamas subiam atrás de uma crista rochosa um pouco além de onde eles estavam.

O céu era quase vermelho.

— Junte-se à Starforce e descubra o mundo — Vers disse, rindo para si mesma.

— Algo engraçado? — Minn-Erva perguntou, fria.

— Não, nada — Vers respondeu. — Só tentando trazer luz a uma situação muito obscura.

– Sem conversinhas – Yon-Rogg falou, por trás. – Até estabelecermos a localização do inimigo, usem sinais.

Bron-Char assentiu e girou a cabeça, observando os arredores em chamas. Algo pareceu chamar sua atenção, e ele fez um gesto para que esperassem.

Os membros da Starforce congelaram, com todos os olhos voltados para Bron-Char. Ele ergueu a mão, indicando algo logo à frente.

Os olhos de Yon-Rogg procuraram Att-Lass, que ficou encarando seu líder. Com um movimento da cabeça, Yon-Rogg ordenou que ele fosse investigar. Silenciosamente, o guerreiro furtivo correu, confiando nas pedras que cobriam a superfície para escondê-lo. Ele logo desapareceu de vista.

Ninguém proferiu uma palavra nem moveu um músculo. Eles permaneceram parados, à espera.

Só se ouvia o som dos gases quentes escapando das rachaduras no chão, assim como o crepitar do fogo ao fundo.

Onde ele está...? O que está acontecendo?

Yon-Rogg vislumbrou o cargueiro por cima do ombro. Não havia como voltar. Ele não iria embora de Sy'gyl sem os projetos. Ele não iria falhar. Não hoje.

Nem nunca.

O som de passos apressados trouxe Yon-Rogg de volta à realidade, e Att-Lass corria na direção deles. Ele moveu a mão direita fazendo um sinal de que estava tudo bem.

– O que é? – Yon-Rogg perguntou, ansioso.

– Uma nave.

– Xandariana?

Att-Lass assentiu e disse:

– Tropa Nova.

Começou.

CAPÍTULO 28

Vers acordou sem ar, sacudindo seu devaneio para fora do inconsciente, e quase imediatamente desejou não ter feito isso.

Minha cabeça dói.

Minha perna dói.

Não, esquece. Tudo dói.

Piscou, abrindo os olhos devagar, se acostumando com a claridade. Estava com dificuldade para se concentrar, não importava o quanto tentasse.

O que está errado? Por que não consigo me concentrar, por que...?

– Você está acordada. Bom.

Vers piscou de novo, tentando fazer seus olhos perceberem os arredores. Mas reconheceu a voz no mesmo instante.

Rhomann Dey.

– Ainda tenho uma perna? – perguntou, meio brincando, meio séria.

– Com certeza – o xandariano respondeu. – Na verdade, você tem duas pernas. Uma está melhor do que a outra.

– Aposto que sim – Vers disse. A imagem sombria diante de si lentamente começou a tomar forma até se transformar em algo parecido com uma pessoa. – Por quanto tempo fiquei apagada? – perguntou, hesitantemente estendendo a mão para sentir a perna.

Ela notou que o torniquete desaparecera e, em seu lugar, estava um curativo adequado. A perna ainda doía muito. Mas quase não estava mais latejando, o que significava que Dey devia ter encontrado um jeito de conter a hemorragia.

– Não sei, talvez quinze minutos – Dey disse, verificando a perna de Vers. – Fiz o que pude. Você vai precisar cuidar disso quando voltar pra nave. Presumindo que vocês têm um médico.

É claro que não vou te contar quem – ou o que – tenho na nave.

– Eu sei, você não pode me contar nada – Dey acrescentou como se lesse sua mente, erguendo as mãos em uma rendição fingida.

– Como se ainda houvesse algo que você já não saiba – Vers disparou de volta.

Dey não respondeu, apenas ficou encarando-a. Então sorriu.

– Eu te dei algo para a dor. Acho que você consegue ficar de pé.

Ainda deitada contra a árvore, Vers agarrou o tronco e se levantou. Para sua surpresa, conseguiu se apoiar na perna machucada.

– Boa – disse, olhando para Dey.

– Faço o que posso.

– Está sentindo esse cheiro? – Vers perguntou.

Dey farejou o ar e arregalou os olhos.

– Acho que temos um problema – disse, apontando para algo atrás de Vers.

Virando a cabeça, ela viu exatamente a que ele estava se referindo. Um incêndio eclodiu à distância; sem dúvida uma fenda devia ter aberto, vomitando gás vulcânico e lava, incendiando as árvores ao redor. O fogo agora se alastrava de árvore em árvore, as chamas saltavam.

– Foi bom enquanto durou – Vers comentou.

Eles se moveram pela floresta o mais rápido que a perna ferida de Vers permitiu, à frente do fogo, que se espalhava rapidamente enquanto Dey os conduzia pela vegetação sinuosa.

Um xandariano ajudando uma kree. Agora já vi de tudo.

– Para onde vamos? – Vers perguntou.

Dey olhou para o pulso e deslizou um dedo, olhando para uma pequena tela.

– Se conseguirmos alcançar a fronteira da floresta, deve haver uma clareira de pedras. Isso deve conter as chamas. Então a gente pode respirar um pouco e você volta pra sua nave.

– Por que está me ajudando? – Vers questionou enquanto eles se enfiavam embaixo de um galho.

– Já te falei por quê. Ordens.

– Não quero saber das suas ordens. Quero dizer, você é um Nova. Eu sou uma guerreira kree. A gente não devia estar, tipo, se matando ou algo assim?

Dey olhou para Vers conforme avançavam.

– Não sou a favor de matar ninguém se não for preciso.

– Você nunca matou ninguém antes, não é?

– Acho que não sou a favor de matar ninguém, ponto-final. É tão óbvio assim?

– É. Não é ruim.

– O quê? Não é ruim que é óbvio, ou não é ruim que eu não seja a favor de matar?

– Os dois.

Eles estavam perto da borda da floresta, e a clareira rochosa agora era visível. Tinham alcançado um grande tronco de árvore, que tinha ao menos o tamanho de um prédio baixo. Era enorme. Mas onde estava o resto?

Vers observou por cima do ombro e notou o crescimento das chamas, consumindo árvore atrás de árvore. O fogo já estava quase na clareira. A ideia de que eles poderiam ter sido pegos no incêndio se ela ficasse inconsciente mais alguns minutos enviou um leve calafrio à base de seu pescoço.

– Abaixe!

Antes que Vers tivesse a chance de olhar, ela sentiu a mão de Rhomann Dey em suas costas, empurrando-a para o chão coberto de musgo. Ele se abaixou ao seu lado quando uma explosão de energia brilhou na frente deles, atingindo o solo a cerca de um centímetro de onde a mão esquerda de Vers estava.

Ela olhou para cima e viu. No topo de um galho, um brilho prata contra o céu de sangue vermelho. Uma arma. Segurando a arma, um guerreiro xandariano.

– Ele não é um Nova – Dey informou.

– Como você sabe?

– Um Nova não atira antes de fazer perguntas.

– E depois? Eles atiram depois? – Vers perguntou, enquanto eles se estiravam no chão buscando cobertura.

CAPÍTULO 29

Atravessar a cordilheira de Nar'dath foi como atravessar o inferno. Chamas explodiam de ambos os lados enquanto os membros da Starforce escalavam as pedras e o cheiro de enxofre ameaçava dominá-los. Att-Lass continuou fazendo o reconhecimento do terreno e se dirigindo para o topo. Abaixo dele, Yon-Rogg, Korath, Bron-Char e Vers esperavam.

Ele verificou o horizonte de seu ponto de vantagem, depois olhou para Yon-Rogg, sinalizando com a mão que estava tudo bem.

Yon-Rogg gesticulou para que os outros seguissem Att-Lass. Um por um, eles foram subindo a parede rochosa, agarrando-se nas pedras e habilmente balançando os pés para se juntarem a Att-Lass no topo. Yon-Rogg falou para o comunicador o mais baixinho que conseguiu:

— Está cobrindo tudo?

Houve um breve chiado de estática, então uma voz respondeu:

— Sim. Estão seguros até a entrada.

Minn-Erva. Yon-Rogg olhou em volta e não a viu, mas sabia que sua preciosa atiradora estava empoleirada em algum lugar próximo, observando tudo. Ao menor sinal de problema, ela derrubaria o inimigo e daria à Starforce a oportunidade que eles precisavam para completar a missão.

Mas não vamos deixar chegar a esse ponto.

A equipe se reuniu no pico, seus corpos encostados nas rochas. Yon-Rogg bateu no pulso e uma imagem holográfica apareceu. Vers olhou para o holograma e depois para a cratera abaixo – era exatamente como o retrato. Era um bunker de concreto, sem marcas características. Não havia janelas, apenas duas portas em lados opostos. Aparentemente, não havia ninguém do lado de fora da unidade.

– Não acredito que seja assim tão fácil – Vers sussurrou.

– Às vezes é – Att-Lass disse baixinho.

– Vamos supor que será difícil – Yon-Rogg interveio.

– Faz sentido – Vers retrucou. – Desse jeito todo mundo fica feliz.

Korath olhou para Vers.

– Você vai levar isso a sério ou não?

– Ela sabe que isso é sério – Yon-Rogg disse, interrompendo Korath. Então olhou para Vers como se dissesse "Você sabe MESMO o quanto isso é sério, certo?".

Vers lhe ofereceu um curto aceno com a cabeça e permaneceu em silêncio.

– Tudo bem, então. Vers, vá lá para baixo. Entre na instalação. Os projetos estão no Nível Três – Yon-Rogg instruiu.

– Como vou saber para onde olhar, exatamente? – Vers perguntou.

Com os dedos dançando em seu pulso, Yon-Rogg produziu outra imagem holográfica de uma mulher de óculos, sem cabelo.

– Companheira Kaal, cientista. O projeto é dela. Encontre-a, pegue os planos e saia de lá.

Os olhos de Vers se arregalaram enquanto observava a imagem da companheira Kaal, memorizando-a. Sem dizer uma palavra, ela fez uma série de respirações curtas e superficiais e começou a descer o morro em direção à instalação na cratera.

O comunicador voltou à vida:

– Não estrague tudo – Minn-Erva disse.

— Obrigada pelo voto de confiança — Vers retrucou, e se virou para partir.

Yon-Rogg ficou observando Vers se aproximar da unidade. *Ela vai conseguir. Sei que vai conseguir.*

shhhrrraaak.
— Tudo limpo ainda, nenhum sinal do inimigo — Minn-Erva avisou no comunicador.

Vers estava perto do centro da cratera. Até ali, não tinha percebido qualquer sinal de atividade inimiga ou coisa do tipo. Nada de postos avançados; nenhum sensor registrou nada em qualquer equipamento da Starforce. O que quer que os xandarianos estivessem fazendo ali, mantinham o maior sigilo, esperando que o local escolhido fosse tão remoto e inóspito que ninguém jamais pensaria em verificar.

Pena que eles tivessem subestimado seus inimigos kree.

— Quase lá — Vers disse. — Estou a cerca de cinquenta metros da entrada da unidade. Não vejo ninguém.

kkrraassshh.
— Tudo limpo, pode ir em frente — Minn-Erva falou.

Você confia nela, certo, Vers? Tipo, ela não vai te conduzir rumo a um tiroteio só porque tem uma implicância estranha com você, não é?

Vers tentou afastar tal pensamento da cabeça.

Concentre-se.

Mas sua mente estava a um milhão, com devaneios sobre sua equipe e suas dúvidas persistentes sobre Sun-Val e a estranha sensação deixada pela conversa com ela. Mal conhecia a pilota. Yon-Rogg confiava nela, e isso deveria ser o suficiente. Mas não era.

Ela podia ouvir a voz de Yon-Rogg ecoando em sua cabeça. Vers não sabia por quê, mas às vezes era difícil para ela se focar no presente. Era como se houvesse alguma ideia que ela não conseguia captar, mas de alguma forma desviasse sua atenção mesmo assim. Ela não a compreendia – nem sabia ao certo se existia de verdade.

E agora não é a hora de ficar pensando nisso.

Vers se levantou de trás de uma grande rocha queimada pelo fogo. Saiu correndo, cobrindo a distância entre a pedra e a entrada do complexo em poucos segundos. Batendo as costas contra o bunker de concreto, falou baixinho e calmamente no comunicador:

– Estou entrando.

kssshhkkkk.

– Boa sorte.

Minn-Erva acabou de me desejar boa sorte? Este dia está ficando cada vez mais estranho.

De sua posição aninhada entre duas pedras, Minn-Erva observava, através de sua mira, Vers entrando no bunker de concreto. A unidade não tinha portas, apenas aquelas duas aberturas em lados opostos.

Ela não tinha certeza sobre confiar plenamente em Vers. A colega sempre fora diferente dos outros, e a maneira como ela captara a atenção imediata de Yon-Rogg nunca lhe desceu muito bem. Mas isso não importava agora. Todos tinham funções, e a de Minn-Erva era proteger os membros da equipe. A de Vers era pegar os planos que mudariam a balança de poder entre os kree e os xandarianos.

shhhraaakkk.

– Alguma mensagem de Vers? – falou o comunicador.

Yon-Rogg.

Minn-Erva ativou o comunicador e disse:

– Ela está entrando. Não sei de mais nada.

zshhhkkk.

– ... talvez não dê pra pegar... – *zkashhhkk* – ... sinal dentro do bunker – Yon-Rogg falou.

Minn-Erva não respondeu. Estava concentrada, de olho na mira e no bunker, procurando qualquer sinal de atividade. A vida de cinco pessoas estavam dependendo dela.

Então ela viu.

Ou melhor, ela os viu.

– Cinco horas – Minn-Erva disse para o comunicador, indicando a posição do inimigo. – Três sujeitos em uniforme da Tropa Nova.

zshhhhkk.

– Estou vendo – Yon-Rogg respondeu. – Bron-Char, você vem comigo. Vamos ficar de olho neles. Korath, Att-Lass, fiquem aqui, caso alguém decida aparecer.

Minn-Erva ajustou a mira e se reposicionou. *Agora as coisas vão ficar interessantes...*

CAPÍTULO 30

shhhkrashhk.

— Fiquem aqui, caso alguém decida aparecer.

A voz estalou alto no sistema de comunicação do cargueiro, enquanto Sun-Val se concentrava tentando consertar o buraco no casco, aberto pelo ataque errôneo dos kree. A princípio, ela esperava que o dano parecesse pior do que na verdade era. Mas, ao chegar mais perto e começar a trabalhar, entendeu que a situação estava ruim. E que poderia ficar pior.

— Esta coisa está morta — Sun-Val murmurou para si.

Ela removeu um painel ao lado da abertura para observar melhor o circuito de blindagem que fornecera a proteção temporária durante o ataque kree anterior.

Estava queimado. Sun-Val balançou a cabeça, sem acreditar. Era um pequeno milagre que o escudo tivesse funcionado. Se a nave tivesse sofrido mais danos nessa área, os escudos não teriam respondido quando Vers apertou o botão.

E a Starforce teria dado adeus.

Sun-Val se levantou e foi até os fundos do compartimento de carga. Embora a nave tivesse sido despojada de tudo o que não fosse essencial, ainda restavam alguns itens para emergências. Duas placas de casco extra, por exemplo. Sun-Val as examinou. Não eram do mesmo material pesado que as originais, mas serviriam. Pelo menos, lhes permitiria voltar para seu mundo natal kree.

Desde que ninguém decida atirar em nós novamente.

Ela pegou um dos painéis com as duas mãos e o ergueu. Então se aproximou do buraco no casco e colocou-o no lugar. Não ficou perfeitamente ajustado, mas, com algumas marteladas, umas soldas e uns xingamentos, Sun-Val percebeu que conseguiria consertar tudo a tempo de a Starforce concluir a missão.

— Vamos lá — Sun-Val disse para ninguém em particular, e acionou a pistola de solda que pegou na caixa de ferramentas.

Seus olhos estavam focados na chama azul-clara da pistola de solda, percorrendo-a ao longo da borda superior da placa de metal. Era um trabalho lento; ela tinha que se certificar de que cada centímetro havia sido soldado bem. Quando terminou, verificou tudo em um nível microscópico, à procura de garantir que o conserto aguentaria.

Mais uma vez, o comunicador ganhou vida.

srrrshhhk.

— Att-Lass, Korath... não vejo Yon-Rogg ou Bron-Char. Vocês viram algo?

Sun-Val escutava enquanto trabalhava. Sua função era pilotar a nave, nada mais. Então isso era mais como ouvir um tipo de radionovela do que algo que realmente estivesse acontecendo. Pelo menos, era o que parecia.

zzzrrrshhhk.

— Negativo, nada por aqui. Korath fora.

Quase pronto...

Meia hora mais tarde, Sun-Val terminou o conserto. Não era seu melhor trabalho, percebeu, mas também não era o pior.

Ela limpou o suor em sua sobrancelha e saiu do cargueiro para avaliar o remendo do lado de fora. Parecia bom, provavelmente aguentaria.

É melhor aguentar, ou teremos problemas. Eu terei problemas.
paf!

Subitamente, um barulho agudo quebrou o silêncio que cercava o cargueiro. Era como algo se quebrando, o galho de uma árvore ou um graveto. Sun-Val fitou as árvores ao lado da nave. Do outro lado, havia apenas pedras e chamas irrompendo das rachaduras.

Com todo esse fogo, como é que este planeta tem árvores? E por que você está pensando nisso agora?

Sun-Val examinou as árvores, mas não viu nada. Bem quando voltou a atenção ao remendo no casco, ouviu o mesmo barulho mais uma vez.

Enfiou a mão na bolsa em seu cinto e pegou uma pequena pistola. Ela sabia que Yon-Rogg dissera "Nada de armas", mas decidiu que, como tecnicamente não era membro da Starforce, a regra não se aplicaria a ela. Aproximando-se da floresta, segurava a pistola na mão direita, usando a esquerda para firmar a mira. Deu passos cautelosos, um pé diante do outro, correndo os olhos para trás e para a frente, procurando algum sinal de movimento.

Yon-Rogg havia solicitado especificamente Sun-Val entre os pilotos especializados kree para ser a pilota dessa missão não apenas por conta de suas incríveis habilidades de voo. Sun-Val também era uma ótima atiradora e especialista em combate em terrenos acidentados. A maioria dos pilotos não o era. Yon-Rogg tinha deixado claro em suas instruções que, enquanto seu papel principal na operação era pilotar o cargueiro, ela poderia ser chamada em caso de extrema necessidade para fornecer reforço para a equipe da Starforce.

Para Sun-Val, sons suspeitos vindos de localidade indeterminada configuravam necessidade.

Ela sabia que Yon-Rogg confiava nela, assim como Korath. Os outros? Não tinha certeza. O jeito como Vers a encarava... Por que a guerreira parecia tão desconfiada?

Dobrou a manga esquerda da camisa, revelando uma unidade de controle em seu pulso. Com movimentos do dedo, ativou a escotilha do cargueiro, fechando-o.

Não quero nenhum visitante indesejado esperando por mim quando eu voltar.

Fazendo mira mais uma vez, Sun-Val adentrou a floresta.

CAPÍTULO 31

– Estamos com problemas – Dey anunciou, olhando para seu agressor. – Ele tem uma...

– Não complete essa frase – Vers interrompeu. – Já entendi.

Uma série de explosões da arma acima deles escaldou o chão entre Dey e Vers.

– Quem quer que seja, acho que está brincando conosco – Dey disse com um sorriso.

Não faça isso. Yon-Rogg disse para não fazer, você sabe muito bem. Tente usar seu cérebro, em vez de deixar as emoções tomarem conta.

– Então vamos brincar também – Vers falou, abrindo um sorriso enquanto ignorava a vozinha gritando dentro de si. *Desculpe, Yon-Rogg. Você sabe que eu não resisto a uma oportunidade de me emocionar.*

– Não sei se entendi direito – Dey retrucou, mantendo a cabeça baixa.

– É melhor não entender – foi a resposta de Vers.

Sem avisar, ela se levantou, tornando seu corpo um alvo convidativo para o atirador empoleirado no topo do enorme tronco acima. Ela viu o brilho de luz se agitando no cano da arma do inimigo, viu que ele agora apontava diretamente para ela. Vers ergueu as mãos com os punhos cerrados, até os dois braços ficarem totalmente estendidos. Como se estivesse fazendo mira, ela apontou os punhos para o que imaginou ser o ângulo correto.

– O que você está f...? – Dey começou.

E então Vers liberou a energia. Seu corpo cintilava, com o poder fluindo através dela e se acumulando nos punhos. Um microssegundo depois, a energia fotônica irrompeu de suas mãos, seguindo uma linha reta até que o disparo atingiu o topo do tronco. Houve uma explosão, então um grito. Chamas irromperam.

O agressor caiu, despencando no chão abaixo com um baque surdo. O corpo não se mexia, mas Vers podia ver que, quem quer que fosse, ainda respirava.

Então se virou para Dey e sorriu.

– Problema resolvido – falou simplesmente.

– Como você fez isso? – ele indagou, levantando-se e apontando para as mãos de Vers. – Suas mãos, essa coisa...

Vers olhou para as mãos. Essa era uma pergunta que ela se fazia com mais frequência do que deixava transparecer.

– Não tenho certeza... Digo, não me lembro como... É só algo que eu consigo fazer.

Dey coçou a cabeça.

– É bem impressionante.

Vers assentiu.

– Vem a calhar. Mas também atrai uma multidão. Se havia alguém com esse cara, certamente percebeu nossa presença.

– Acho que eles já sabiam que estávamos aqui – Dey disse. – Alguém deve ter avisado.

– Como? Pousamos bem longe do alcance dos sensores. Foi uma aproximação totalmente furtiva.

– Não importa agora. Conto depois.

Infelizmente para Dey, não era assim que Vers funcionava.

– Que tal me contar agora, ou frito você? – Vers disse, balançando os dedos da mão direita.

– Tudo bem – Dey falou, caminhando em direção ao tronco e ao corpo caído no chão. – Dá uma olhada nesse cara.

Vers seguiu ao lado de Dey. Sua avaliação de longe tinha sido precisa: ele ainda respirava, mas estava inconsciente por causa da queda, e seu corpo estava um pouco carbonizado pela explosão. O homem vestia roupas xandarianas, mas havia algo estranho em seus traços. Pareciam maleáveis de alguma forma, quase como se seu rosto estivesse... derretendo.

Eu fiz isso com ele?

– Você não fez isso com ele – Dey disse, como se pudesse ler sua mente. – Só olhe.

Vers continuou olhando e, um segundo depois, os traços do homem inconsciente começaram a mudar mais uma vez, até que sua pele assumiu um tom esverdeado. Suas orelhas ficaram pontudas, e, abaixo do lábio inferior, pequenos sulcos verticais começaram a se desenvolver, como pequenos vincos.

– Um skrull! – Vers exclamou, surpresa com o choque em sua voz.

– Um skrull – Dey repetiu. – Agora, você provavelmente está se perguntando "Ei, o que está acontecendo aqui?".

Pode apostar que estou.

– Algo assim – Vers disse.

– Eles chegaram pouco antes de você. Eu os segui. Suponho que estejam aqui pela mesma razão que você: roubar os projetos do canhão axioma.

– E você soube que ele era skrull porque tentou nos matar direto? – Vers perguntou.

– Eu tinha uma boa ideia.

– Quantos deles estão aqui?

– Tem mais um. Vi dois saindo da nave deles. Estavam voando com as cores de Xandar.

Que ótimo ver que não somos os únicos com o mesmo plano brilhante. Vou ter que contar para Yon-Rogg...

– Temos que voltar para o cargueiro – Vers anunciou.

Pela primeira vez em certo tempo, ela sentiu a aborrecida sensação latejante em sua perna machucada voltar. O que quer que Dey tivesse lhe dado começava a perder o efeito. Vers rangeu os dentes. Se ao menos tivesse ouvido seus instintos e virado à direita quando entrou no bunker… Desejando se distrair da dor crescente, ela ficou remoendo esses primeiros passos.

Esta é de longe a missão mais sinistra em que já estive.

CAPÍTULO 32

Enquanto entrava no bunker de concreto, Vers se surpreendeu ao descobrir que ele estava quase completamente vazio. Também era escuro, e havia fumaça e gás no ar, que faziam seus olhos lacrimejarem. Levantou a mão direita para cobrir a boca e o nariz, e piscou várias vezes para limpar os olhos.

Não adiantou muito.

Era difícil enxergar com toda a fumaça, mas Vers tinha certeza de ter vislumbrado uma pequena rocha numa parede distante, próximo ao canto. Era a única forma distinguível no bunker, pelo que podia ver. Poderia não ser nada. Ou poderia ser a única entrada para o que quer que estivesse acontecendo ali.

Se alguém estiver vigiando, duvido que consiga ver algo no meio dessa fumaça. Então lá vamos nós...

Ela se arrastou em direção à pequena rocha, movendo-se ao longo da parede, tentando se manter abaixada. A adrenalina da missão a fazia se sentir ousada e forte, como sempre.

Quando alcançou a pedra, tentou erguê-la. Ela não se moveu. Mas, pelo que podia dizer, a pedra não estava presa ao chão. Só parecia estar solta ali. Então por que não conseguia levantá-la?

Ajoelhando-se, Vers a examinou melhor. Notou um pequeno sulco em volta da rocha, como se o chão que a abrigara tivesse sido desgastado por algo sendo girado repetidamente.

Algo sendo girado...

Vers colocou a mão na pedra e tentou girá-la em sentido horário. Ela não se moveu. Então tentou girar ao contrário.

A pedra praticamente girou em resposta.

Segundos depois, ela parou de rodar e Vers vislumbrou um pontinho afundar no chão.

Uma entrada secreta saindo.

Sem parar para pensar, Vers saltou para dentro do buraco.

Vers aterrissou com força na superfície abaixo; notou que estava em um túnel. O chão era revestido de azulejos, assim como as paredes. Havia fracas luzes amarelas no teto a cada cinco metros, mais ou menos. O corredor parecia se alongar para sempre à distância. Havia portas sem identificação em ambos os lados.

– Estou dentro – Vers disse, sussurrando no comunicador.

Tudo o que pôde ouvir em resposta era estática.

Não tenho sinal aqui embaixo. Ótimo, de novo...

Devagar e com cuidado, Vers avançou pelo corredor, mantendo-se do lado direito com as costas contra a parede conforme se movia. De vez em quando, ela espiava para baixo à procura de garantir que não estava pisando em nada, ativando alarmes escondidos.

Alcançou a primeira porta à direita. Não havia janela. A única forma de descobrir o que havia além era abri-la e entrar. Tocou na porta e se assustou quando ela automaticamente desceu, sumindo dentro do chão.

Vers colocou um pé dentro da sala e uma luz se acendeu acima. Podia ver uma escrivaninha, uma cama velha e um gabinete com pia. Havia uma prateleira com livros na parede. Parecia o alojamento de alguém. Só faltava o pobre habitante do quartinho.

Dando um passo de volta para o corredor, Vers observou como a porta subiu imediatamente após sua saída. Olhou para a frente e viu duas portas do lado esquerdo, outra do lado direito, e uma porta no fim.
Em qual porta você está se escondendo, companheira Kaal?

Vers tinha chegado ao fim do corredor. Abrira mais três portas – as duas à esquerda e uma à direita. Encontrou uma sala cheia de equipamentos, outra que lembrava um laboratório de informática e um pequeno campo de teste, aparentemente usado para experimentos.

Só restava uma porta. Ou a companheira Kaal estava lá, ou não estava. E, se ela não estivesse ali, seria uma missão perdida.

Vers se aproximou da última porta e colocou a mão no meio. Ela escorregou para baixo.

– Sabia que você viria – disse uma voz.

Olhou dentro da sala e viu uma mulher careca sentada atrás de uma pilha de equipamentos, com os óculos descansando na testa.

– Companheira Kaal? – Vers perguntou.

– Companheira Kaal – a cientista respondeu, levantando-se da mesa de trabalho depressa e praticamente correndo em direção a Vers. Agarrou Vers pelos ombros e a sacudiu com vigor. – Estou feliz que esteja aqui. Talvez agora possamos acabar com essa loucura.

Vers pegou as mãos de Kaal e a retirou de seus ombros.

– É pra isso que estou aqui. Você tem os planos?

Kaal encarou Vers.

– Eu *sou* os planos.

CAPÍTULO 33

– Att-Lass, Korath, estão na escuta? Estão na escuta?

A estática foi sua única resposta.

Minn-Erva agachou-se em sua posição, trocando o apoio da perna esquerda para a direita e em seguida trocando novamente, em um esforço para afastar a dormência nos membros após a primeira hora. Mas ela não tinha muita escolha. Com Yon-Rogg e Bron-Char vigiando os três oficiais da Tropa Nova, cabia a Minn-Erva garantir a segurança de todos e manter Att-Lass e Korath, que ainda estavam em algum lugar lá embaixo, informados.

Mesmo que o comunicador aparentemente tivesse se tornado inútil quando a Starforce desceu a montanha.

Observando através da mira, Minn-Erva verificou as duas aberturas do bunker de concreto. Nenhum sinal de movimento. Além da cratera, do outro lado, só dava para ver as copas das árvores. Tirando o gás vazando das fissuras, tudo estava relativamente silencioso.

Odeio quando fica silencioso.

Mas Minn-Erva não teve que se preocupar com o silêncio por muito tempo. Um som agudo agrediu seus ouvidos de repente, causando um zumbido intenso e uma dor de cabeça imediata. Ela lutou contra o impulso de pressionar os dedos nas têmporas, mantendo as mãos na arma e os olhos na mira.

Minn-Erva virou a cabeça para trás e para a frente, movendo a mira com ela, em uma tentativa de identificar a fonte do barulho desagradável. No entanto, não notou ninguém nem nada se movendo no chão abaixo.

Então olhou para cima.

Pairando no céu havia algo que lembrava um pássaro. Era pequeno e tinha duas asas. Só que ela sabia que não era um pássaro.

Era um bombardeiro furtivo. Mas bombardeiros furtivos não faziam parte do arsenal xandariano – eram instrumentos de mercenários e de alguns dos governos planetários mais belicosos da galáxia.

Nada disso importava no momento, porém. Minn-Erva gritou no comunicador:

– Estão chegando! Todos, evacuar! Saia da cratera *agora*!

Do outro lado do comunicador, só se ouviu estática, até que...

shkaaarshh.

– ... vendo, bem acima! Korath e eu estamos fora!

Minn-Erva ficou observando o bombardeiro furtivo começar seu mergulho mortal em direção à superfície, direto para o bunker. Mais próximos de onde ela estava, Att-Lass e Korath escalavam a borda da cratera. Mas e quanto ao restante da equipe?

O bombardeiro acertou seu alvo, e tudo ficou branco.

O cheiro de ozônio pairava no ar, e o branco foi substituído por um preto espesso, feito fuligem, que descia do céu como chuva radioativa. Minn-Erva conseguiu desviar os olhos pouco antes do impacto, evitando a cegueira momentânea que um ataque desse tipo geralmente causava. O comunicador sibilava e chiava enquanto ela tentava falar com seus companheiros de equipe.

– Att-Lass, Korath, estão na escuta? Yon-Rogg, Bron-Char, estão na escuta?

Mais estática.

Minn-Erva se retirou do esconderijo rochoso de onde esperava e seguiu para o topo da montanha. Olhando para baixo, não conseguia ver o bunker de concreto, apenas a grossa fuligem negra caindo. Sentiu uma leve brisa atrás de si.

Em um piscar de olhos, seu corpo mudou, virou, e ela girou, com a arma em posição de tiro. Seu dedo acionou a alavanca a fim de trocar o tiro único para disparo rápido.

– Opa! Opa! Somos nós!

Att-Lass.

Ela o observou emergindo da fuligem com Korath ao lado; uma fina camada de poeira cobria os dois.

– Algum sinal de Yon-Rogg ou Bron-Char? – Minn-Erva perguntou.

Korath balançou a cabeça.

– Nada. Você não consegue contato com eles pelo comunicador?

Minn-Erva ligou o comunicador para que Korath ouvisse a estática. Ele assentiu.

– E agora? – Att-Lass falou. – Vamos voltar lá embaixo e tirar Vers daquele bunker.

– Temos ordens – Korath interferiu, pousando uma mão em Att-Lass, que já estava descendo a colina em direção à cratera. – De volta para o cargueiro. Agora.

– De quem são essas ordens? – Minn-Erva perguntou.

– De Yon-Rogg. De cima. Vamos voltar para o cargueiro e esperar lá. Bron-Char e Yon-Rogg podem se virar sozinhos – Korath respondeu.

– E Vers? – Minn-Erva pressionou.

Korath permaneceu em silêncio por um momento e depois sacudiu a cabeça.

– Ordens são ordens. Ela também pode se virar sozinha.

Por um instante, Minn-Erva até acreditou nele.

CAPÍTULO 34

– O que *isso* significa, "Eu sou os planos"?

Vers não fez qualquer esforço para disfarçar sua irritação ante a frase enigmática de Kaal. Ela não tinha tempo nem paciência para joguinhos.

A companheira Kaal sorriu, mas não a olhou nos olhos.

– Eu sou os planos, eles estão na minha cabeça. Só eu os conheço – falou.

Vers a encarou.

– Funciona? – perguntou.

Kaal assentiu devagar.

– O que você vê em Sy'gyl é resultado direto do canhão axioma. Antes do canhão, este planeta era um paraíso. Florestas densas e exuberantes, plantas e flores de todos os tipos prosperando, crescendo, criando raízes... e agora? Terremotos. Incêndios. Correntes de lava. Tudo isso.

– O canhão axioma causou tudo isso? – Vers perguntou, sem acreditar.

– É uma arma terrível – Kaal respondeu. – Ela vai destruindo devagar, dizimando o planeta, até que não reste nada. Qualquer vegetação ou flora que ainda sobrevive... Se voltar a Sy'gyl daqui a um ano, talvez menos, verá que não terá sobrado nada.

Vers coçou a nuca.

– Se os planos estão todos na sua cabeça, você vem comigo então?

Kaal colocou a mão dentro da camisa enquanto se aproximava de Vers. A guerreira se moveu rápido, pronta para um ataque, mas ele não veio.

– Não, por favor, deixe-me mostrar a você – Kaal pediu. Em seguida, Vers viu a corrente de prata no pescoço dela.

Kaal retirou a corrente, e Vers notou algo no final. Uma pequena cápsula de prata, do tamanho de um feijão.

– Gravei tudo o que sei sobre o canhão axioma nesta cápsula de dados. Pegue – Kaal disse, pegando a corrente de prata e a oferecendo a Vers, junto à cápsula.

Vers prendeu a corrente em seu pescoço e a escondeu sob o uniforme, onde ninguém poderia ver.

– E você? – perguntou a Kaal. – O que vai acontecer com você se ficar aqui?

Kaal pareceu pensativa.

– Suponho que, quando tudo for descoberto, minha traição terá uma resposta – disse, com tristeza na voz. – Tudo o que eu queria fazer era criar. Agora virou isso. – Ela fez um gesto abrangendo o laboratório em volta.

– Venha comigo – Vers ofereceu, caminhando para a porta. – Vamos tirar você daqui.

– Ir com os kree? Acho que tenho mais chances em Xandar – Kaal respondeu, com um sorriso brincalhão no rosto. – Não, vá você. Meu lugar é aqui. Qualquer que seja minha punição, mesmo a morte, valerá a pena, sabendo que haverá equilíbrio na galáxia.

– Você pode ter equilíbrio *agora*! – uma voz berrou atrás de Vers, e, antes que pudesse se virar, ela sentiu. Metal quente penetrando sua perna direita. Fundo. A dor era cegante – na verdade, a princípio não foi nem percebida como dor.

Por instinto, Vers estendeu as mãos e agarrou a ponta da faca, tentando liberá-la. A mulher empunhando a arma usava equipamento de batalha xandariano – ela era como um muro. Vers bateu a mão que segurava a faca na parede uma vez, duas vezes, três vezes.

Mas ela não soltou.

– É isso que acontece com traidoras! – a xandariana gritou, lutando para se soltar de Vers e atacar a companheira Kaal.

– Abaixe. Essa. Faca! – Vers grunhiu mesmo com a dor em sua perna, concentrando toda a sua força no soco na mão inimiga. A mulher finalmente soltou a arma, e o metal bateu no chão com um barulho alto.

Então ouviu-se um som agudo de assobio…

– Estão, chegando! – Vers gritou.

Mas já era tarde demais. O bunker explodiu em volta delas, jogando Vers no chão. Na explosão, ela perdeu de vista a companheira Kaal e a guerreira xandariana que acabara de tentar matá-la.

CAPÍTULO 35

— É difícil acreditar que alguma vegetação tenha sobrevivido a esses incêndios e à lava — Dey observou baixinho, trazendo Vers de volta para o presente enquanto eles caminhavam pela floresta esparsa.

Eles estavam na mata há cerca de meia hora, Vers imaginou, distanciando-se do local do incidente com o skrull.

— Nossa nave está um pouco além daquelas árvores ali — ela comentou, acenando com a cabeça. — Eu acho.

— Minha missão é levar você sã e salva até sua nave — Dey falou. — Não tenho vontade nenhuma de conhecer a sua equipe. E tenho certeza absoluta de que eles também não têm vontade de me conhecer.

Vers olhou para Dey e disse:

— Você sabe de algo.

Dey pareceu desconcertado e surpreso.

— Eu? Não sei de nada. Pergunte a qualquer um, eles vão dizer.

— Desembuche.

Com um suspiro, Dey começou.

— Quer saber por que foi a escolhida para entrar no bunker e pegar os planos?

Esse cara está lendo minha mente?

— Porque, de todos na sua equipe, você é a que menos provavelmente iria matar primeiro e fazer perguntas depois.

Vers não disse nada por um momento, apenas continuou andando, ouvindo vazamentos de gás à distância.

– A mesma razão para você ter sido escolhido? – perguntou.

Dey assentiu.

– Sim.

– Como sabe? Por que devo acreditar em você?

– Você não tem que acreditar em mim. Estou seguindo ordens, assim como você. Mas esse tipo de missão não acontece assim. Ela vem dos níveis mais altos.

Níveis mais altos? O que ele quer dizer com isso?

– Devia ter um exército inteiro seguindo vocês, pelo barulho que estão fazendo.

O trem de pensamentos furiosos de Vers foi interrompido por uma voz vinda de trás das árvores.

– Yon-Rogg! – Vers gritou.

Ali estava ele, emergindo por trás do tronco de uma árvore retorcida, com Bron-Char e Sun-Val logo atrás.

– Vocês todos conseguiram – disse, fria.

– Seguimos os três xandarianos que vimos no bunker, garantimos que eles não estavam dando voltas, e esperamos um tempo para que você pegasse os planos – Yon-Rogg disse. – Você pegou mesmo os...?

– O que você acha? – Vers perguntou rapidamente.

Yon-Rogg sorriu e ergueu as mãos em rendição fingida. Então se virou para encarar Rhomann Dey. O sorriso sumiu.

– Sua missão está completa – anunciou.

Dey assentiu.

– Ela é toda sua. Foi um prazer nunca ter te conhecido, e não saber nada sobre o que aconteceu hoje.

– Igualmente – Yon-Rogg disse.

– Obrigada – Vers falou, olhando Dey nos olhos. – Foi ótimo.

– Fique bem – Dey retrucou. Então seguiu para a direção oposta. Em menos de um minuto, ele desapareceu na mata densa.

– É melhor voltarmos para o cargueiro – Sun-Val sugeriu, com urgência na voz.

– O que está fazendo aqui fora, Sun-Val? – Vers perguntou. – Você não deveria estar no cargueiro?

– Estávamos voltando quando encontramos ela na floresta – Bron-Char falou. – Ela pensou ter visto algo e saiu para investigar.

– Tive que garantir que não havia ninguém tentando roubar nossa carona – Sun-Val explicou.

Vers não acreditou nem por um minuto.

CAPÍTULO 36

Eles irromperam das árvores, e então aconteceu.

Vers saiu primeiro, com Sun-Val ao seu lado, e Yon-Rogg e Bron-Char logo atrás. Para Vers, era como se tudo se passasse em câmera lenta.

O cargueiro estava bem à frente. Att-Lass estava de pé na escotilha, e Korath na cabine. Os motores cantarolavam, prontos para decolar. Minn-Erva estava a meio caminho entre o cargueiro e as árvores, aproximando-se de Vers.

– Abaixe-se! – Minn-Erva gritou de repente, pegando a arma e fazendo mira.

Ela está tentando atirar em mim?

Foi quando Vers sentiu: o cano de uma arma enfiada entre suas escápulas. Ouviu Yon-Rogg e Bron-Char gritando:

– Abaixe-se!

Minn-Erva de novo.

Vers se jogou no chão, atingindo com força o solo pedregoso. Sentiu o impacto em sua perna ferida, e então algo se rompeu.

Do chão, viu Minn-Erva disparar dois tiros.

Depois ouviu um corpo cair.

Sun-Val.

Só que não era Sun-Val. Seu rosto se transformou lentamente, distorcendo-se e se metamorfoseando até que Vers soube exatamente quem e o que era aquela pessoa.

Um skrull. O outro que Dey mencionou.

– Sun-Val. Um skrull? – Vers sussurrou, quase inaudivelmente.

– Não – Minn-Erva disse, aproximando-se do skrull. Ele não estava respirando. – Não é Sun-Val. A Sun-Val de verdade está morta. Morta por esse aqui.

Att-Lass saiu correndo da escotilha e se ajoelhou ao lado de Vers.

– Encontramos o corpo de Sun-Val voltando para o cargueiro. Ela deve ter sido pega pelo skrull que a matou e tomou seu lugar.

– Na esperança de te matar e pegar os planos – Yon-Rogg disse. – Você está mesmo com eles?

Colocando a mão dentro do uniforme, Vers pegou a corrente de prata com a cápsula de dados e a puxou sobre a cabeça, deixando-a cair sobre a mão de Yon-Rogg.

– Seus planos estão aqui – ela disse.

Fazendo um esforço quase desumano, Vers se levantou e caminhou até a nave, a cada passo do caminho desejando não desmaiar.

CAPÍTULO 37

Vers ouviu o zumbido alto dos motores do cargueiro. Tentou se sentar, momentaneamente esquecendo que seu movimento estava contido por duas faixas de tecido; uma no peito, outra nas pernas. Olhou para a perna direita, imobilizada por um invólucro gelado.

— Não tente se sentar — Minn-Erva disse, vindo de onde estava observando os controles do piloto automático do cargueiro. Felizmente, já que agora estavam sem Sun-Val, era provável que a jornada para casa fosse muito mais suave do que a viagem até lá. A perda da talentosa pilota pesou bastante sobre a equipe, em especial sobre Yon-Rogg. Mas, como era a maneira típica dos guerreiros kree, a missão seria concluída primeiro. As emoções viriam mais tarde. — Você perdeu muito sangue. Sua perna está um caco.

— Mas vou poder ficar com ela, certo? — Vers disse, tentando sorrir.

— Eca, não sorria. Vou vomitar — Minn-Erva replicou. — Você vai ficar bem. E fez tudo certo, aliás — acrescentou, de má vontade. — Você conseguiu.

— Você também — Vers concordou, com a garganta arranhando.

— O que esperava? — Minn-Erva respondeu, encolhendo os ombros. Então se levantou e se dirigiu à cabine.

– Boa concentração.

Yon-Rogg.

– Ei, chefe – Vers saudou, tentando manter o tom da conversa leve.

– Como vai a perna?

– Já vi coisa pior.

– Descanse um pouco. Quando chegarmos em casa, você vai direto para a enfermaria – Yon-Rogg falou.

– Yon-Rogg – Vers chamou, puxando a manga da camisa dele. – Rhomann Dey disse algo quando estávamos lá embaixo. Sobre a missão.

– Você sabe que não pode confiar em um xandariano – Yon-Rogg disse. – Ou acreditar no que ele disser.

– Ele tentou me contar por que fui escolhida para esta missão. Por que fui enviada para o bunker.

– E você acha que ele estava falando a verdade?

Vers se manteve em silêncio por um momento.

– Não tenho certeza – ela disse.

– Importa?

Com isso, Yon-Rogg se levantou e deixou Vers com seus pensamentos.

Sim. Importa, sim.

TIPOGRAFIA   ADOBE GARAMOND PRO
IMPRESSÃO   ESKENAZI